达·芬奇童年的记忆

Eine Kindheitserinnerung des
Leonardo Da Vinci

（典藏版）

〔奥〕弗洛伊德　著
（Sigmund Freud）

李雪涛　译

社会科学文献出版社
SOCIAL SCIENCES ACADEMIC PRESS (CHINA)

译者序[*]

列奥纳多·达·芬奇（Leonardo da Vinci, 1452 – 1519）无疑是文艺复兴时期最伟大的旷世天才之一。他不仅仅是一位创作了《蒙娜丽莎》和《最后的晚餐》的画家，同时也是一位雕塑家、建筑学家、工程师和发明家。收藏于巴黎卢浮宫万国大厅（Salle des Etats）中的这幅木板油画《蒙娜丽莎》，尽管仅有77厘米×53厘米大小，但画中人物脸上露出的让人着迷又无法接近的浅浅微笑，赋予了这幅油画不朽的名声。

近五百年来，《蒙娜丽莎》——这个编号为779的卢浮宫镇宫之宝，是人类艺术品中名头最响亮的杰作，每年吸引了约550万游客造访。

---

[*] 本文在写作过程中参考了以下论文、著作：罗凤礼：《心理学理论在当代西方史学中的应用》，载何兆武、陈启能主编《当代西方史学理论》，上海社会科学院出版社，2003，第363~384页；何兆武编《历史理论和史学理论——近现代西方史学著作选》，商务印书馆，1999，第409~410页；斯坦纳德：《退缩的历史——论弗洛伊德及心理史学的破产》，冯钢译，浙江人民出版社，1989；克莱芒等：《马克思主义对心理分析学说的批评》，金初高译，商务印书馆，1987。

任何一个想起列奥纳多①油画的人都会想到一个独特的、令人沉醉而又神秘的微笑,他将这一微笑魔术般地附在了他画中女性形象的嘴唇上。这个微笑停留在了那既长又弯的嘴唇上,成了作者的艺术特征,并被特别命名为"列奥纳多式"(leonardesk)的。(见本书第四章,S.56)

它微妙地捉弄着人类的智性,令其成为一个难解的历史悬谜:肖像中的人物到底是谁?她在向谁微笑?为何如此微笑?在她光芒四射的微笑里,究竟隐含着怎样的人类学深意?

蒙娜丽莎的出现,引发了作为私生子的列奥纳多对生母的痛切记忆,他向那位生母的化身倾诉了自己的孤独身世。这次倾诉导致了一场长达四年乃至更久的爱慕:画家狂热地迷恋自己的模特儿,并在她的肖像上涂满了隐秘的激情。但只有奥地利的心理分析学家弗洛伊德(Sigmund Freud, 1856-1939)发现了列奥纳多的秘密,并用"恋母情结"解码了"微笑"的语义。弗洛伊德宣称,这幅杰作表露出画家对母爱的渴望。他毕生都在寻找母亲的替代品,蒙娜丽莎之所以成为伟大女性,是因为她就是人类母亲的最高形象。破解列奥纳多秘密的这部著作便是呈现在读者面前的、弗洛伊德于1910年撰写的《达·芬奇童年的记忆》(*Eine Kindheitserinnerung des Leonardo da*

---

① 列奥纳多·达·芬奇(Leonardo da Vinci)的意思为"来自芬奇的列奥纳多",因此在西文文献中,更多地称他为"列奥纳多"。——译者注

译者序

Vinci，以下简称《童年记忆》）。这是一部将精神分析学理论用于历史人物研究的先驱之作，它的出版标志着心理史学的创立。

一

20 世纪初，西方史学理论呈现出多元化的特点。弗洛伊德的精神分析方法的运用，特别是追溯他所研究的历史名人的俄狄浦斯情结（Ödipuskomplex）——幼儿在 3~5 岁间以双亲中的异性作为自己性爱的对象，视同性中的一方为情敌的情结——的情况，产生了一种对传记主人公使用精神分析手法的新传记，弗洛伊德的这部《童年记忆》就是一例。在弗洛伊德看来，性生活方面的活动，是理解一个历史人物的关键所在。而历史人物创造性活动的原始动力很可能源自童年早期的性：由于性欲得到升华的缘故，成年时期的创造力取代了一部分受压抑的性生活。艺术家的创作正是这种性欲的一种宣泄方式，艺术和科学成就是性欲得到升华的两种方式。

在这部著作出版之前，精神分析学一直是以问题研究作为其重点的。而在当时围绕着文艺复兴巨匠列奥纳多的身世和创作之谜，人们做出了种种推测和解释。作为文艺复兴时期伟大的艺术家和科学家，列奥纳多虽然以绘画大师闻名世界，但他并未真正完成过一件作品，并且从未对自己的创作表示过满意。他是艺术大师，却又研究飞鸟，设计出许多机械装置。除了著有重要的《绘画论》（*Trattato della pittura*,

1817）外，① 他还留下了大量的草图速写，以及有关自然科学、工程的手稿。在他的画笔下，出现了无数的美丽女性，但他却终身独自一人，甚至没有谁知道他曾经有过什么风流韵事。诸如此类的相互矛盾的问题，几个世纪以来一直困扰着欧洲学者。弗洛伊德尝试着以达·芬奇童年时期的性经历作为出发点来解释上述的悖论。

弗洛伊德以列奥纳多日记中的一段话——"当我还躺在摇篮里时，一只秃鹫向我飞来，它用它的尾巴打开了我的嘴巴，并多次用它的尾巴撞击我的嘴唇"（见本书第二章，S.24）为切入点，以童年的记忆是当时的记忆和以后成长经历中的各种想象的混合体这一观点为前提，指出"秃鹫的尾巴"事实上象征了母亲的哺乳与亲吻，这些动作由于激起了幼儿的口唇快感而具有了性的含义，并因此刺激了儿子对母亲强烈的依恋和性早熟。何以秃鹫象征着母亲呢？因为在西方的神话传说中，秃鹫只有雌性，并且由风而受孕，进而生育。由于这样的一个神话后来被天主教用来解释圣母受孕，生活在天主教大行其道的意大利，列奥纳多对此理应有所了解。因此他无意之中把自己比喻成了秃鹫之子。因是私生子，小列奥纳多在五岁前是有母无父的，母亲将全部的爱倾注在他身上的结果是使其性探索的冲动更为强烈。这种冲动在无法释放而又不愿受压抑的情况下升华为一种普遍的求知欲，并演化为成年列奥纳多探索自然奥秘的强烈欲望。在对列奥

---

① 中译本见达·芬奇：《绘画论》，戴勉编译，广西师范大学出版社，2003。

纳多所收的爱徒全是漂亮的男孩子这一事实的解释上，弗洛伊德认为，在列奥纳多对母亲的爱受到压抑之后，他便潜意识地把自己认同于自己的母亲，以至于站在母亲的立场上来选择自己爱的对象。

很显然，弗洛伊德在这里将列奥纳多对艺术的追求与对科学的探索之间的矛盾，追溯到他童年时代的重要经历，以此分析与探讨儿童早期的性欲、同性恋、自恋倾向与被压抑的愿望对艺术家本人的影响，及其在艺术作品中的流露与表现，并由此进一步解释其成年后的行为，如作画风格及何以具有广泛而浓厚的科学研究兴趣，等等。从精神分析的理论建树上来讲，他在此对幼儿心理所进行的更深层次的分析，第一次系统地论证了幼儿"自恋期"的心理活动规律。总之，在弗洛伊德看来，隐藏的"恋母情结"是存在于列奥纳多身上一切疑问的最终答案。

二

"经历了几乎四个世纪的时光，蒙娜丽莎依然让那些曾久久凝视过她的人谈论着，甚至对她失魂落魄。就让这成为不解之谜吧。"（见本书第四章，S.56）

弗洛伊德根据自己的推断，认定蒙娜丽莎在列奥纳多心里，是母亲的代替物，蒙娜丽莎的笑是列奥纳多性欲的结晶，她那神秘的微笑引发了列奥纳多被压抑的一段记忆，那是对亲生母亲微笑的记忆。当他还是婴儿的时候，这种记忆被他遗忘了。根据弗洛伊德的理论，画家对这个微笑不是一般的迷恋。

为此，他试图在他所有关于女人的作品中再现这一天赐福祐的微笑。这幅作品的独特之处就在于，通过吉奥孔多（Lisa del Giocondo）这个人物，他和他一直渴望的、永恒的母亲重新团聚。画中的微笑既带有诱惑性，又带有几分自信。

列奥纳多很可能是被蒙娜丽莎的微笑迷住了，因为这个微笑唤醒了他心中长久以来沉睡着的东西——很可能是往日的一个记忆。这个记忆一经再现，就不能再被忘却，因为对他来说实在是太重要了。他必须不断地赋予它新的表现方式。（见第四章，S.60）

弗洛伊德由此推论道，"由此我们猜测，他的母亲有可能拥有这种神秘的微笑，他曾经遗忘了这种微笑，当他在这位佛罗伦萨的夫人脸上重新发现它时，他被深深地迷住了"。（见第四章，S.61）

列奥纳多对自己的作品并不感到满意，他没有将它交给订货人，扬言它尚未完成，而后便将它随身带到了法国。在那里，他的保护人弗朗茨一世（François Ier，1494-1547）从他那里得到了这幅传世之宝，并将它送入了卢浮宫。

三

在弗洛伊德的著作出版之后，学术界对列奥纳多的研究又有两项重大的发现：其一是在"德文版编辑前言"中已经指出过的，列奥纳多在原始意大利语的笔记中所记载的鸟并非

"秃鹫"而是"鸢"。而弗氏为支持其论断所引用的证据只是德语中的秃鹫（Mut）与母亲（Mutter）在字形上的近似。这是由于受德译本误译的影响而犯了这个错误。其二是达·芬奇祖父所记录的有关小列奥纳多出生、受洗的家庭日记，从中可以推断出，列奥纳多出生在父亲家里，而并非像以前想象的那样出生在母亲家中。因此列奥纳多的童年时代很可能是在父亲家度过的。弗氏从这两个错误的基础出发所引出的整个推测及由此引申的结论架构就不可避免地倒塌了。

在这部传记中，弗洛伊德几乎完全不考虑当时的历史背景和社会文化环境的影响，只是片面地考察了人物在性生活方面的活动和特点，并且将这些活动和特点又追溯到人物的童年经历。这是"儿童时期的性决定论"的一大体现。

弗洛伊德在这部著作中也已经意识到了精神分析方法的局限，他写道：

> 不过，即使我们掌握的历史资料非常丰富，并且对心理机制的运用也最有把握，这在精神分析看来是最重要的两点，精神分析研究也不能解释清楚，一个人为什么必然成为这个样子，而不是另外的样子。（见本书第六章，S.89）

因此，弗洛伊德并没有将心理史学的方法看作是能解释一切的通用理论。

但正如作者一再表明的那样，他只是想通过新的方法弥补过去人物传说的不足，"以对心理机制的认识为依据，从个体的反应中去积极研究他的本性，去发现他原始的心理动机以及他后来的转变和发展"。（见本书第六章，S.88）他引导传记作家们不仅仅要在既定的文化、社会和不同的自然条件等客观因素中探索人物的心理和行为上的影响，更要注意到潜藏在历史人物表面现象背后的无意识领域及其作用。并且，在弗洛伊德看来，以精神分析法诠释人物是对传统方法的有机补充而不是替代。

作为心理分析学家的弗洛伊德不仅注意到一段长期为列奥纳多的传记作家所忽略的文字，而且从中发掘出了深刻的内涵。心理史学在史料的拓展方面远远超过传统史学。传统史学界所认可的官方档案文件之外的、个人色彩浓厚的日记、书信、便条等由此被引入历史研究之中，这一做法逐渐为史学界所接受。

精神分析学在理论创建时是以问题研究为其核心的，但在运用时却是理论直接指导研究。《达·芬奇童年的记忆》可以被视为以理论解决一个问题，更可以被认为用一个问题的解答来证明理论。这又是精神分析心理史学完全不同于以大量史实推论历史规律或作者观点的传统治史方式的一个方面。

四

弗洛伊德将精神分析理论用于历史人物研究的尝试为史学界指明了一个新的方向，它预示着心理学与历史学的相互结合，标志着一个新的历史学派的正式形成。弗氏将人物个体的人格的形成，追溯到其童年的经历之中，这种重视人物的连续性发展的认识方法，是值得传统历史学家进行思考的。此外，弗氏对理性层面之下的无意识的揭示，为历史人物的思想研究另辟了蹊径。

弗洛伊德的心理史学最初并未在史学界引起多大反响，他的直接继承人是由欧洲大陆移居美国的心理学家埃里克·埃里克森（Erik Erikson, 1902-1994）。1958年，埃里克森出版了《青年路德》（Erik Erikson, *Young Man Luther: A Study in Psychoanalysis and History*, New York, 1958）一书，这部著作的特点是，它将路德个人的心路历程与生活经历同历史社会环境结合起来考察，既摒除了只强调童年性经历重要性的弗洛伊德的主张，又不仅仅以心理因素来决定青年路德的一切。在路德的传奇人生中，埃里克森发现，他可以很好地运用"身份危机"（identity crisis）的理论模式。正因为如此，《青年路德》得到了国际史学界的认可，逐渐成为心理史学派的代表作。

在这之后，一些年轻史学家开始接受专业精神分析训练，由于他们已经具有正规的史学训练，他们的著作既严格地遵循史学规范，又能准确地应用精神分析理论，至此，心理史学逐渐成熟。

目 录

德文版编辑前言 ··· I
第一章 ··· 1
第二章 ··· 24
第三章 ··· 37
第四章 ··· 55
第五章 ··· 69
第六章 ··· 83
译后记 ··· 92
人名索引 ··· 98

德文版编辑前言

各种德文版本：

1910年　　莱比锡和维也纳：弗兰茨·多也提克出版社（作为"应用心理学丛书"第7种），共71页[Verlag Franz Deuticke, Leipzig und Wien (als Heft 7 der *Schriften zur angewandten Seelenkunde*), 71 Seiten]。

1919年　　同一家出版社第2版，共76页（包括补充）。

1923年　　同一家出版社第3版，共78页（包括补充）。

1925年　　《全集》(*Gesammelte Schriften*，共12卷，维也纳)，第9卷，第371~454页。

1943年　　《全集》(*Gesammelte Werke*，共18卷，伦敦)，第8卷，第128~211页。

弗洛伊德对列奥纳多这一人物的兴趣由来已久，这从他在

I

1898年10月9日写给弗利斯（Fleiß）的一封信（弗洛伊德，1950a，第98封信）中可略见一斑：

列奥纳多，也许是最著名的左撇子了，不过没有谁知道他有什么风流艳事。

对弗洛伊德来说，这一兴趣决非暂时的，因为他在回答一份有关最喜爱的书的"问卷调查"中（1906f），除了其他的书之外，还列举了梅列日科夫斯基（Mereschkowski）有关列奥纳多的这本书（1902）。然而真正促成他完成这部著作，显然是由于1909年秋天一位患者的原因。正如弗洛伊德在10月17日写给荣格（Jung）的信中所说的那样，这位患者似乎具有与列奥纳多同样的性格，但不具备他的天才。他还补充说，他想要从意大利买一本有关列奥纳多青年时代的书。这本书便是斯考克那米克立欧（Scognamiglio）的专题研究著作（1900）。在弗洛伊德读过这一部以及其他有关列奥纳多的著作之后，他于1909年12月1日在维也纳精神分析协会做了有关列奥纳多的报告，而这一研究的定稿一直到1910年4月初才得以完成，5月底出版。

在以后的版本中，弗洛伊德对这一著作做了一系列的修订，并且增加了一些内容。特别值得一提的还有他关于环割包皮的简短注释以及引用莱特勒（Reitler）和费斯特（Pfister）著作中的大段引言。以上内容均为1919年增补的，其他尚有1923年增补的有关伦敦草图的注释。

弗洛伊德所写的关于列奥纳多的著作并不是第一部尝试用

临床精神分析法对历史人物进行研究的作品。在他之前，塞德格尔（Sadger）就曾出版过有关迈耶（C. F. Meyer, 1908）、雷瑙（Lenau, 1909）以及克莱斯特（Kleist, 1910）等历史人物研究的著作。时至当时，弗洛伊德并没有进行过详细的传记研究，只不过是以作家们著作中的片段为基础，对作家本人的性格做一些不完整的分析而已。不过在许多年以前，亦即在1898年，他就给弗莱斯寄去过研究迈耶的"女法官"（Richterin）的论文（弗洛伊德，1950a，第91封信），并由此推断出了作家早年的生活经历。不过弗洛伊德有关列奥纳多的这篇研究论文，不仅是他在传记方面的第一个详细的研究成果，同时也是他在这方面的唯一的一部著作。这本书使弗洛伊德遭到了至当时为止比其他著作更为严厉的指责，以至于弗洛伊德本人在第六章一开头便为以前的章节进行辩解。后来的事实证明了他的这种做法并非没有道理。时至今日，他的这些见解对那些传记作家和批评家来说依然是有价值的。

不过，值得注意的是，直到今天似乎还没有哪位评论家指出过这部著作最薄弱的环节。书中着重描写了当列奥纳多还是躺在摇篮中的婴儿时，一只猛禽访问过他的记忆，或者可以说是幻想。这种鸟在列奥纳多的笔记中被称作"nibio"（现在则写作"nibbio"），这是意大利语习惯用来称谓"鸢"（Milan）的词。而弗洛伊德在他的研究中却将"nibio"译成了"秃鹫"（Geier）。[①]

[①] 里希特（Rema Richter）在她出版的《列奥纳多笔记选》的一条注释中指出了这一错误（1952，第286页）。跟费斯特一样，她也将列奥纳多的童年记忆看作一场"梦"。

这一错误的来源似乎是弗洛伊德所使用的几部有关列奥纳多的德文译本。赫茨菲尔德（Marie Herzfeld，1906）在谈到弗洛伊德用"秃鹫"来替代"鸢"这一事实时，是持这种观点的。不过从弗洛伊德在其图书馆中所藏的梅列日科夫斯基关于列奥纳多著作的德译本上所加的众多眉批来看，对他影响最大的当是梅氏的这一本书。这才是弗洛伊德著作中有关列奥纳多最重要的资料来源。据推测，正是在这一本书中，弗洛伊德第一次读到了猛禽的故事。并且在这里讲到摇篮幻想时，他使用了"秃鹫"一词，尽管梅列日科夫斯基在俄文原版中正确使用了"korshun"亦即"鸢"一词。

鉴于这样的一个错误，可能有些读者会拒绝接受弗洛伊德的整个研究，认为这一切都是毫无价值的。无论如何，人们都不应当带着某种感情色彩来看待这件事，而应该逐一考察一下弗洛伊德的论点和结论，由一个错误而推测整个研究一无是处，这种做法是不可取的。

首先，对列奥纳多油画中的"鸟的字谜画"（Vexierbild eines Vogels）的看法必须予以摒弃。即便有谁真的想把它看作是一只鸟，那也只是一只秃鹫，连一点儿像鸢的地方都没有。字谜画的"发现"应归功于费斯特，而并非弗洛伊德。这一看法是在本书的第2版中才加入的，弗洛伊德在引用这一观点时是持相当的保留意见的。

其次，更重要的是与埃及神话相关的问题。象形文字的"mut"，在埃及语中是"母亲"（"Mutter"）的意思，可以确定地说象征着秃鹫而非鸢。伽尔廷纳（Gardiner）所制定的规范埃及语文法（第2版，1959，第469页）将这种鸟界定为

"Gyps fulvus"，亦即具有赫黑色翅膀及尾羽、长长的几乎不长羽毛的颈，以及颈部下面长着白色浓毛的鹅鸢（Gänsegeier）。从这里可以看出，弗洛伊德是从自己的理论中推断出了列奥纳多幻想的鸟代表着他的母亲，而这一点并不能直接从埃及神话中找到证据。这样便产生了如下的问题，即列奥纳多本人是否知道这个神话，成了无关紧要的事。① 在鸟的幻想与神话之间似乎不存在什么直接的关联。不过如若不将这二者作为有关系的存在来看待的话，那么便引出了这样一个有趣的问题：古代的埃及人为什么要将"秃鹫"和对"母亲"的想象联系在一起呢？真的像某些埃及学家所解释的那样，这纯粹是由于某些语音上的偶然巧合而造成的吗？如果这样的解释还不能说明问题，那么弗洛伊德有关两性同体的女神的讨论，并不一定与列奥纳多有关系，不过其中的意义却是重大的。同时列奥纳多有关大鸟访问了摇篮中的他，并将尾巴放入了他的嘴里的幻想，都还在寻求着解读——不过究竟这只动物是秃鹫还是鸢，并没有太大的关系。因此，弗洛伊德关于幻想的精神分析完全没有因为这种修正而失去其价值，而只是失去了一个有力的证据而已。

尽管弗洛伊德在叙述中出现了离题现象，他将主题引入了埃及神话之中——他认为这个神话妙趣横生——他的研究并没

---

① 弗洛伊德所援引的作为确认他的推论的理由是：用秃鹫单性特征及其未受精便得以怀孕的童话来说明列奥纳多在婴儿时期已有了对母亲的感情维系，这一论断是没有任何说服力的。另一方面，通过删除这一比喻的方法来反对这一感情维系早已存在的看法，也是没有什么重要依据的。

有因为对鸟的错误鉴定而在基本研究方向上失去价值：对列奥纳多自幼年时期起心灵生活的重构，对他艺术与科学活动间冲突的描绘，对他的性心理经历的深刻剖析，这些都跟上述的错误毫无关联。除了这些主题外，这一研究还向我们提供了一系列相关的其他主题，如关于创造性艺术家心理活动和本质的一种普遍讨论，关于某种特殊类型同性恋的起源的概述，以及自恋（Narzißmus）这一概念的正式形成——这对精神分析理论的历史有着特别的意义。

第一章

精神病学的研究对象通常是那些意志薄弱的人,一旦这种研究涉及人类的伟大人物,外行人就会认为这样做是缺乏理由的。精神病学的研究目的不是"让辉煌黯然失色,使崇高蒙上污垢"。① 它不满足于缩小伟大人物和普通人之间的距离。在它看来,那些杰出人物身上显现出来的一切都具有研究的价值。它相信,所有的伟人都同样受到正常的和病理的活动规律的控制。

列奥纳多·达·芬奇(1452~1519)作为意大利文艺复兴时期最伟大的人物之一,早为他同时代的人所钦佩不已。在当时他就像个谜,如同我们今天的感觉一样。他是一个全才,但"只能推测其轮廓,不能对其界定"。② 作为画家,他对他

---

① "世界喜欢让辉煌黯然失色/使崇高蒙上污垢。"这是席勒(Schiller)的名作《奥尔良少女》(*Das Mädchen von Orleans*)中的诗句。这首诗曾作为序诗发表在席勒1801年版的剧本《奥尔良少女》(*Jungfrau von Orleans*)中。
② 这是雅各布·布克哈特(Jacob Burckhardt)的话,此处引文出自亚历山德拉·康斯坦丁诺娃《列奥纳多·达·芬奇圣母形象之发展》(斯特拉斯堡,1907),载《外国艺术史》(转下页注)

所处的时代产生了巨大的影响。而他集自然科学家（与技术师）① 和艺术家为一身的伟大，则有待我们去认识。他的绘画杰作留下来了，但他的科学发现却没能得到发表和应用。纵观其一生的发展，他的科学研究不仅没有给艺术创作以完全的自由，反而经常妨碍甚至最后完全压制了他的艺术创作。据瓦萨利（Vasari）的说法，列奥纳多在临终时，曾自责由于自己在艺术创作中的失职，冒犯了上帝和人类。② 虽然瓦萨利的说法只是一个传说，没有多少外在和内在的可能性，而且有可能在这位神秘大师的生前就已经开始杜撰了，但它作为当时人们对这位大师的一种评价，仍然具有毋庸置疑的价值。

究竟是什么原因导致了列奥纳多同时代的人对他的个性不了解呢？这肯定不是他的多才多艺和渊博知识造成的。正是凭着自己的这些才艺和知识，他才得以在米兰公爵、被称为摩洛二世（il Moro）的斯弗尔兹（Lodovico Sforza）的宫廷内演奏自己制作的乐器。另外，他还给这位公爵写了一封奇怪的信，来夸耀自己作为建筑和军事工程师的成就。因为在文艺复兴时

（接上页注②）第 54 册，第 51 页 [Alexandra Konstantinowa, "Die Entwicklung des Madonnentypus bei Leonardo da Vinci", Straßburg 1907 (Zur Kunstgeschichte des Auslandes, Heft 54), S. 51]。

① 括号中的词为作者于 1923 年新增。
② "列奥纳多神情庄重地站起身来，坐到了床上，他描述自己的病情，并诉说自己触怒了上帝和人类，因为他在艺术中没有履行自己的职责。"参见瓦萨利《文艺复兴时期的艺术家》，第 244 页（Vasari, Künstler der Renaissance, Ernst Vollmer Verlag, o. J., S. 244）。此段引文原文系意大利语，现依据 1969 年法兰克福版《弗洛伊德全集》中所引德文译出。——中译者注

期,一个人具有多种才能是司空见惯的事情,尽管列奥纳多是其中最具才华的人之一。他不属于那种天生缺乏思考,不注重生活的外部形式,内心充满痛苦和忧郁,从而逃避和人交往的那种天才。恰恰相反,他身材高挑匀称,容貌英俊,体魄强壮,他的言谈举止充满魅力,并且善于雄辩,待人亦和蔼可亲。他热爱身边一切美好的事物,喜欢华丽的服饰并且注重优雅的生活方式。他在一篇有关绘画的论文①中,用重要的篇幅将绘画同它的姊妹艺术——雕塑进行了比较,以此来表达自己对享受的强烈追求。他描述了雕塑家所从事的工作的艰辛:

> 他的脸上沾满了大理石的粉末,看起来像个面包师,他的身上也全是大理石碎片,好像背上落满了雪花。他的房间也都是碎石和粉末。可是画家的情形就大不一样了……画家十分舒坦地坐在自己的作品前。他穿着讲究,只需轻轻移动蘸满绚丽色彩的画笔。他可以随心所欲地穿自己喜爱的衣服。他的房间内挂满了色彩明亮的画,显得一尘不染。他可以经常参加社交聚会,在没有锤声和其他噪声干扰的情况下,愉快地欣赏音乐,聆听别人朗读各种优美的著作。

作为艺术家,列奥纳多在他艺术生涯的初期,即较长的一段时间内,可能确实过着这种充满快乐和享受的生活。但随着

---

① 《论绘画》(*Trattato della Pittura*,德文译本:*Traktat von der Malerei*, übersetzt von H. Ludwig. 1906 u. 1936)。参见里希特《列奥纳多·达·芬奇笔记选集》(Richter, *Selections from the Notebooks of Leonardo da Vinci*, London, 1952, p. 330)。

摩洛政权的垮台，他被迫离开了他的活动中心和对他的地位有所保障的米兰，过着动荡的、缺乏成就的生活，直至他在法国找到了最后的避难所。这时，他性情中的光彩已黯然失色，而天性中古怪的一面却越来越明显。此外，随着时间的推移，他的兴趣逐渐从艺术转移到了科学上，这势必加深他和同时代人之间的鸿沟。他不像他原来的同学佩鲁吉诺（Perugino）那样，为了完成订单而勤奋作画，致力于发家致富。他所有的努力，在那些人看来，都是些毫无意义的游戏，都是在浪费时间，甚至有人怀疑他是在为"黑色艺术"而服务。今天我们能够更好地理解他，是因为我们从他的笔记中知道了他所从事的艺术实践。而当时，古代的权威开始逐步代替教会的权威，人们尚未熟悉那种没有任何假设的研究。作为一个先驱者，列奥纳多的价值绝对可以同培根（Bacon）、哥白尼（Kopernikus）相媲美，所以在当时他必然是孤立的。当他解剖马和人的尸体时，当他设计飞行器时，当他研究植物的营养以及试验其解毒功能时，他必然背离了亚里士多德（Aristoteles）式的评论家，成了被人瞧不起的中世纪的炼金术士了。在那段不愉快的日子里，他只有在他的实验室里从事研究工作时，才能找到些许安慰。

这种情形导致他很不情愿地拿起画笔进行创作。他画得越来越少，许多已经开始的作品被搁置在了一边，他不再关心这些画作未来的命运。他同时代的人开始指责他，对他们来说，他对艺术的态度成了一个谜。

一些列奥纳多的崇拜者曾试图为其开脱针对他性格不稳定的指责。他们声称，列奥纳多遭受指责的地方，正是伟大的艺术家们的共有特性。米开朗琪罗（Michelangelo），这位精力充

第一章

沛并完全沉湎于自己工作的人,也留下了许多未完成的作品。和列奥纳多一样,这并不是他个人的错误。对某些画来说,根本就不存在未完成的问题,而应看作它们本来就是那个样子。外行人眼里的杰作,对艺术作品的创作者来说,只是对他个人观点的一种不尽如人意的体现。他脑海中有完美的形象,但又一次次对表现这种完美的作品感到绝望。他们觉得最不应该的就是让艺术家对他的作品的最后命运负责。

尽管这些辩解可能是有根据的,但仍然涵盖不了我们所遇到的列奥纳多的所有真实情况。创作一幅作品时倍感艰辛,完成作品后得以解脱,从而不再关心这部作品的未来命运,这种情况在很多艺术家身上都会出现。但毫无疑问,这种情况在列奥纳多身上达到了极致。爱得蒙多·索尔密(Edmondo Solmi)引用列奥纳多的一个学生的评论:

> 在他进行绘画的整个过程中,他看起来一直在颤抖。他从未完成过任何一幅已经开始的作品,并且他总能在别人认为是非凡的作品中发现缺陷,这表明他非常尊重艺术的伟大。①

列奥纳多生命最后的一些绘画作品,如《丽达》(Leda)、《圣母玛利亚》(Madonna di Sant' Onofrio)、《酒神》(Bacchus)和《年轻的教徒圣·约翰》(San Giovanni Battista giovane)都处

---

① 《列奥纳多作品的复活》,载《佛罗伦萨会议论文集》("La resurrezione dell' opera di Leonardo", in: Conferenze Fiorentine, Milano, 1910)。此段引文原文系意大利语,现依据1969年法兰克福版《弗洛伊德全集》中所引德文译出。——中译者注

于未完成的状态。他全部的作品或多或少都存在这种情况。罗马佐（Lomazzo）是《最后的晚餐》的复制者，他曾引用一首十四行诗来说明列奥纳多没有能力完成一幅作品：

> 普罗托尼那斯（Protogenes）从未放下过他手中的画笔，
> 这可与神圣的芬奇相媲美——
> 后者没有能够完成任何作品。①

列奥纳多的绘画速度之慢是众所周知的。在做了最详尽的研究准备之后，他还是花了整整三年的时间来为米兰的圣玛利亚修道院创作《最后的晚餐》。他的同时代人，作家马蒂欧·班德利（Matteo Bandelli），当时是修道院中一位年轻的修道士。他说，列奥纳多经常是一大早就爬上了脚手架，在那里一直待到傍晚也不曾放下他的画笔，忘记了吃喝。然而，日子一天天地过去了，他却没画一笔。有时他会在画前待上几个小时，但仅仅是在头脑中构思。他有时也会从米兰王宫直接来到修道院，给他为弗朗西斯克·斯弗尔兹（Francesco Sforza）制作的骑马者塑像模型添上几笔，然后就突然中断了。② 根据瓦

---

① 斯考克那米克立欧：《对列奥纳多·达·芬奇（1452～1482）年轻时代的研究和文献》（N. Smiraglia Scognamiglio：*Ricerche e Documenti sulla Giovinezza di Leonardo da Vinci*, 1452 – 1482, Napoli, 1900）——此段引文原文系意大利语，现依据1969法兰克福版《弗洛伊德全集》中所引德文译出。——中译者注

② 温·塞德立茨：《列奥纳多·达·芬奇——文艺复兴时期的转折点》第一卷，第203页（W. von Seidlitz, *Leonardo da Vinci, der Wendepunkt der Renaissance*. 2 Bde., Berlin, 1909. I. Bd., S. 203）。

第一章

萨利的说法，列奥纳多用了整整四年的时间，为吉奥孔多（Francesco del Giocondo）的妻子蒙娜丽莎（Mona Lisa）画肖像，但最终也没有完成。这种情形可以说明这幅画为什么没有交给订户，而一直由列奥纳多自己保存，并最终将它带到了法国。① 后来这幅画被国王弗朗茨一世买了下来，成了今天卢浮宫内最灿烂的瑰宝之一。

如果我们把这些关于列奥纳多工作方式的报告和他留给后人的、展示他作品中某一主题的大量形式丰富多彩的草图和研究资料进行比较的话，我们一定会否认这种说法：变化无常和草率的性格对列奥纳多的艺术丝毫没有产生影响。相反，我们可以发现他对事物非同一般的深刻理解，以及许多通过犹豫才可能做出最后决定的例子。他的要求常常难以得到满足，并且他在实施自己的意图时常常顾虑重重，而这种顾虑并不是艺术家在实施自己意图时难以避免的那种。缓慢，这个列奥纳多工作中明显存在的特性，就是这种顾虑的一种表现形式，也是他后来退出画坛的先兆。② 这一点同样也决定了《最后的晚餐》的命运。列奥纳多不适应画壁画，因为它需要在潮湿的底色上迅速作画。因此，他选择了油彩。油彩的干燥过程拉长了作品的创作时

---

① 温·塞德立茨，1909，第二卷，第48页。
② 佩特：《文艺复兴的历史研究》（德译本：W. Pater, *Die Renaissance. Zweite Auflage.* Leipzig 1906. S. 100. 译自英文版：W. Pather, *Studies in the History of the Renaissance*, London，1873）："但是，可以确定的是，他在他一生中的某个特定时期，几乎已经不再是一位艺术家了。"

间，这很适合他的心情和闲适。然而，涂在底色上的颜料又与底色分开，并且从墙壁上剥落。加之墙壁的缺陷以及建筑物本身在不同时期的遭遇，这些都决定了作品将不可避免地遭到破坏。①

一个类似的技术实验的失败断送了《安吉亚里骑兵战役》(*Reiterschlacht bei Anghiari*) 这幅画。后来，在与米开朗琪罗的竞争中，他把这幅画画在了佛罗伦萨议政厅（Sala del Consiglio）的墙上，但仍是没有完成就放弃了。这似乎是一种少见的兴趣：实验者一开始想促成这件艺术品，但到后来却损坏了这件作品。

作为一个男人，列奥纳多的性格中还显现出另外一些不同寻常的特性和明显的矛盾。在一定程度上，消极和不以为然的个性在他身上似乎一目了然。当时，任何一个人想要为自己赢得最大的活动范围，就必须对别人展开强烈的攻击，否则，他就无法达到这个目的。而列奥纳多却以温和的性格，回避所有的对抗和争吵而引人注目。他温和、慈善地对待每个人；据说他不吃肉，因为他认为剥夺动物的生命是不公平的。他很乐意到市场上去把鸟买回来，然后再放飞它们。② 他谴责战争和流

---

① 参见上揭温·塞德立茨《列奥纳多·达·芬奇——文艺复兴时期的转折点》一书中有关修复和抢救尝试的历史（1909，第一卷，第250页及以下几页）。

② 明茨：《列奥纳多·达·芬奇》(E. Müntz, *Léonard de Vinci*, Paris 1899, S.18)。一位同时代的人在从印度写给美第奇 (Medici) 家族中某位成员的信中影射了列奥纳多的这个怪癖。参见里希特《列奥纳多·达·芬奇的文学创作》(J. P. Richter, *The Literary Works of Leonardo da Vinci*, London, 1883)。

第一章

血，说人不是动物世界的国王，而是最邪恶的野兽。① 但这种带有女性温柔的感情并没有阻碍他去陪伴那些定了刑的罪犯奔赴刑场，以便研究他们被恐惧扭曲了的表情，并在笔记本上为他们画素描；也没有妨碍他设计出最残忍的进攻性武器和作为一名军事总工程师为恺撒·波吉亚（Cesare Borgia）效劳。他时常表现出对善、恶毫不在意，或者坚持用特殊的标准去衡量善与恶。在最残忍、最狡猾的敌人侵占罗马涅（Romagna）的战役中，他以显赫的身份跟随着波吉亚皇帝。然而在列奥纳多的笔记本中，没有一行文字对这些日子中发生的事件加以评论和关注。在这里，他和在法兰西战役中歌德的表现极为相似。

如果一部传记想做到真正理解其主人公的精神生活，那它就不能和绝大多数的传记一样，出于谨慎或拘谨，而漠视主人公的性行为和性嗜好。有关列奥纳多这方面的情况人们所知甚少，但这方面却意义重大。在那个荒淫无度同悲观的禁欲主义相斗争的年代，列奥纳多作为一名艺术家和表现女性美的画家，却出现了与他身份不相符合的性冷淡。索尔密②引用了列奥纳多的一句话，以此来证明这一点："生育行为和与之相关的所有事情都令人感到如此恶心，如果没有传统习俗、没有漂亮的脸蛋和好色的天性，人类就会灭亡。"列奥纳多留下的作品不仅涉及了最重要的科学问题，同时也包括了许多琐事

---

① 波塔茨：《生理与解剖》，载《佛罗伦萨会议论文集》第 186 页（F. Bottazzi, "Leonardo biologico e anatomico", in *Conferenze Fiorentine*, 1910. S. 186）。

② 索尔密：《列奥纳多·达·芬奇》（德译本：E. Solmi, *Leonardo da Vinci*, Übersetzt von E. Hirschberg, Berlin, 1908, S. 24）。

（例如寓言性的自然史、动物寓言、笑话和预言①）。在我们看来，这些琐事是不该由他这样的伟人来思考的。这些作品是纯洁的，甚至可以说是禁欲的。即使是在今天的纯文学作品中，此种程度的纯洁也让人感到惊讶。它们如此坚决地回避所有和性有关的事情，似乎唯有厄洛斯（Eros），这个所有生命的保护神，对于满足研究者的求知欲来说是没有任何价值的东西。② 众所周知，伟大的艺术家们通常通过他们性感的，甚至是赤裸裸的淫秽画作来宣泄自己的幻想。相反，在列奥纳多的作品中，我们只发现了一些有关女性内生殖器和胚胎在子宫内位置的解剖草图。③

---

① 玛丽·赫茨菲尔德：《以出版的手稿为基础的列奥纳多·达·芬奇传记——思想家、科学家和诗人》（Marie Herzfeld, *Leonardo da Vinci：Der Denker, Forscher und Poet：Nach den veröffentlichten Handschriften*, Zweite Auflage, Jena, 1906）。

② 人们或许在他的《箴言集》（*bella facezie*）中能找到一些例外，但这本书还未翻译。参见赫茨菲尔德的著作（1906年）。赫氏在这本书中提出厄洛斯是"所有生命的保护者"，这种说法要比弗洛伊德将厄洛斯作为术语引用早十年。弗洛伊德用几乎相同的语言将厄洛斯称作与死神相对立的"性欲之神"。例如，见《快乐原则的彼岸》（*Jenseits des Lustprinzips*, 1920）第6章中间。

③ ［1919年增加的注释］在列奥纳多表现性行为的素描中，有些错误是显而易见的。那是一幅平面解剖图（见图1），它肯定不能被称之为是淫秽的。莱特勒博士发现了这些错误［"列奥纳多·达·芬奇在解剖学-艺术学上的一个错误"，载《国际心理分析杂志》（Dr. R. Reitler, "Eine anatomisch-künstlerische Fehlleistung Leonardos da Vinci", in: *Internat. Zeitschrift für Psychoanalyse IV*, 1916/17, S. 205）］，并对这里所说的列奥纳多的性格特点进行了论述："恰恰是在描绘这个生殖行为的过程中，他那（转下页注）

第一章

我们怀疑列奥纳多是否曾热烈地拥抱过某个女性，也不知

（接上页注③）过于强烈的研究欲完全失灵了，显然，这只是他更强烈的性压抑的结果。男人的身体全部画出来了，而女人的身体则只画出了一部分。如果我们将这幅画以这样的方式给一个没有任何成见的人看：只露出头，而遮住头以下的所有部位，那么我们能够肯定，他会将这个头看作是一个女人的头。尤其是前额波浪式的刘海以及披在身后，直至第4、5根胸椎的长头发，使这个头看起来更像女人的头。

这个女人的乳房有两个缺陷，一个是艺术上的，因为它被画成了没有任何美感的、松弛下垂的乳房；另一个是解剖学上的，显然，作为研究者的列奥纳多由于缺乏性欲，而没有能够认

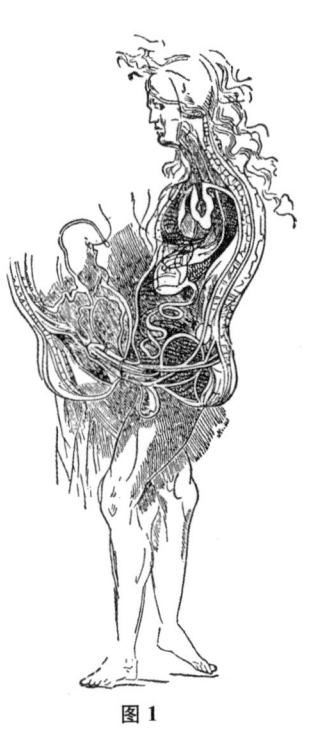

图1

真观察过哺乳期妇女的乳头。如果他这样做过，那么他一定会注意到，奶水是从许多相互分开的奶管中流出来的。可是，列奥纳多却只画了一条管道，并且这条管道一直通道了腹腔内。也许，根据列奥纳多的观点，奶是从腹腔（Cysterna chyli）中流出来的，也许还和性器官有着某种联系。诚然，我们应该考虑到，在当时的条件下，对人体内部器官进行研究是非常困难的，因为人体解剖被看作是对死者的侮辱，并将受到最严厉的惩罚。列奥纳多能够使用的解剖材料非常少，因此，他是否真的知道在腹腔中存在一个淋巴液囊都是问题，虽然他在画中确信无疑地画了一个类似于腔的东西。他画的奶管向下延伸，直至与内生殖连在一起。我们推测，列奥纳多是想用明了的解剖关系来描述乳汁的开始分泌和妊娠结束在时间上是一致的。艺术家由于（转下页注）

道他是否和某位女性之间有过密切的精神联系，就像米开朗琪

（接上页注③）他所处时代的关系，导致了他的解剖知识的匮乏，虽然我们对此深表谅解。但很显然，列奥纳多很草率地处理了女性生殖器。人们只能隐隐约约地看到阴道和暗示子宫的东西（Portio uteri），但子宫本身的线条则显得非常的混乱。

相反，列奥纳多绘制的男性生殖器要准确得多。比如，他不仅画出了睾丸，而且还画了附睾，并且还相当精确。

列奥纳多所画的性交姿势也非常奇怪。一些著名艺术家的绘画作品，大都表现背向或侧向的性交姿势。而站着性交，这种几乎是荒唐的表现手法，其原因一定在于十分强烈的性压抑。如果一个人想享受，他总会想方设法使自己尽可能地舒服一些。这对饥饿和爱这两种原始本能都适用。今天，人们通常躺着进行性交，就像古代大多数的人躺着吃饭一样正常，目的是使自己感觉更舒服些。躺着的姿势在一定程度上表达了这种愿望，那就是希望享受的时间能够更长一些。

长着女人头的男人的面部表情正是一种不情愿的抵抗。他眉头紧皱，带着厌恶表情的目光向旁边斜视着。他紧闭双唇，嘴角向下。在他的脸上看不到付出爱的欢乐和享受爱的幸福，只有不情愿和厌恶。

但是列奥纳多在画两个下肢时犯了一个严重的错误。事实上，男人的脚应该是右脚，因为列奥纳多是用平面解剖图的方式在描绘性交，所以，男人的左脚应该在图的最上面。同样的道理，女人的脚就应该是左脚。但事实上，列奥纳多把男人和女人调换了位置。男人有了一只左脚，而女人有了一只右脚。如果人们能够想到，大拇脚趾头长在脚的内侧，那么就很容易看清楚这个错位了。

仅仅通过这张平面解剖图我们就能推断出，由于受到了利比多（Libido）的压抑，这位伟大的艺术家和研究者混淆了某些事情。"

[1923年弗洛伊德增加的注释]莱特勒的这些评价受到了批评。批评者认为，人们不应该从一张草图中就得出如此严肃的结论，另外，也不能就此确定，这张草图中的不同部分同属于一个整体。

"莱特勒在这里分析、描述的这幅画，在他看来（转下页注）

第一章

罗和维多利亚·克罗娜（Vittoria Colonna）之间那样。当列奥纳多还是个学徒，住在他的师傅韦罗基奥家时，他曾被控告和某些年轻人搞非法的同性恋，但最后被无罪释放。他似乎有此嫌疑，因为他雇用了一位名声很坏的男孩做模特儿。① 当他做了师傅后，他就被那些漂亮的男孩和青年包围着，他把他们收作自己的学生。他的最后一位名叫弗朗西斯科·迈尔茨（Francesco Melzi）的学生，陪同他到了法国，并一直陪伴他到去世。列奥纳多指定他为自己的继承人。与现代传记作者所确定的情况不同：他们自然否定列奥纳多和他的学生之间有性关系，觉得这是对这位伟人的侮辱。我们认为，列奥纳多和那些与他共同生活的年轻人（这是当时的习俗）有感情关系是十分可能的，但并没有发展到有性行为的程度。强烈的性行为不属于他。

我们只有通过比较列奥纳多作为艺术家和科学研究者的双

（接上页注③）（由于这个原因，弗洛伊德也是这个观点）是列奥纳多原创的一幅平面解剖图，事实上，其间已经证明了这幅画是威尔特（Wehrt）一幅石版画的赝品，它是威尔特于 1812 年出版的一幅铜版画的复制品，1830 年由巴托罗兹（Bartolozzi）出版。巴托罗兹加上了列奥纳多省去的脚，威尔特在男人的脸上加上了不悦的神情。而列奥纳多的原作，则放在了温莎（Windsor, *Quaderni d'Anatomia*, III folio, 3 v.）皇宫内，画中的人物呈现出一种安详的、不愠不恼的神情。"

① 有关这一事件请参考斯考克那米克立欧的记载，在《亚特兰蒂库斯古文抄本》第 49 页（Scognamiglio, *Codex Atlanticus*. l. c., S. 49）中，有一段晦涩的、本身可让人产生不同看法的文字涉及这件事情："当我把上帝描绘成婴儿，你会把我投进监狱；现在，当我把他描绘成成人，你会更坏地对待我。"——原文系意大利文，现依据德文翻译译出。——中译者注

重性格，才能够理解他独特的情感和性生活。据我所知，传记作者们一般不采用心理学的方法，只有索尔密（Solmi）比较接近这种方式。诗人梅列日科夫斯基选择列奥纳多作为一部大型历史小说的男主角。他将这部小说建立在对这位非凡伟人的理解之上，用诗人富有想象力的而不是干巴巴的语言来表达自己的观点。① 索尔密是这样评论列奥纳多的："认识周围一切事物，以超乎常人的冷静探究所有美好事物最深层的奥秘，这一得不到满足的要求，决定了列奥纳多的作品永远处于未完成的状态。"② 在《佛罗伦萨会议论文集》（Conference Fiorentine）中有一篇文章引用了列奥纳多的一段话，体现了他的信念，是了解他本性的关键："一个人如果没有获得对事物本质的彻底了解，那他就没有权利去爱或者去恨这一事物。"③ 列奥纳多在另一篇有关绘画的论文中重复了这段话，他似乎想以此保护自己，来抵抗非宗教派的指控。"挑剔的评论家最好保持沉默，这样做，可以认识那些诸多神奇事物的造物主，也可以热爱那些伟大的发明者。因为事实上，伟大的爱来自于对被爱对

---

① 梅列日科夫斯基：《列奥纳多·达·芬奇：15世纪转折时期的传记小说》（Mereschowski, *Leonardo da Vinci, Ein biographischer Roman aus der Wende des XV. Jahrhunderts*, Deutsche Übersetzung von C. v. Gütschow, Leipzig, 1903）。这部大型三部曲的第二部名为《基督和反基督》（*Christ und Antichrist*）；另两部名为《朱利安·阿波斯塔塔》（*Julian Apostata*）和《彼得大帝与阿列克谢》（*Peter der Große und Alexei*）。

② 索尔密：《列奥纳多·达·芬奇》（德译本：E. Solmi, *Leonardo da Vinci*, Übersetzt von E. Hirschberg, Berlin 1908, S. 24）。

③ 见波塔茨的著作（Bottazzi, *Leonardo biologo e anatomico*, 1910, S. 193）。

第一章

象的深刻认识。如果你只了解它一点儿，那么你就只能爱它一点儿或者就不可能爱它……"[1]

列奥纳多的这些言论传达了一个很重要的心理事实，但它们的价值并没有被发现。因为这些言论所表达的观点显然是错误的，并且列奥纳多同我们一样清楚这一点。人类只有在研究和熟悉了他感情所适用的对象之后，才去爱和恨，这种说法是不真实的。更多的时候，他们冲动地去爱，而这种情感动机却和认识毫无关系。通过思考，充其量只能使这种感情的程度有所减弱。列奥纳多的意思仅仅是：人类爱的方式不是正确和无可挑剔的。人们应当首先对感情进行思考，只有当它过了思考这一关，人们才可以宣泄自己的感情。同时我们明白，他想告诉我们，他自己就是这么做的。所有的人都应该像他那样地去爱和恨。

他本人的情况似乎确是如此。他的感情被控制住了，并且服从于他的研究本能。他不爱不恨，却要探讨自己爱什么恨什么的起源和意义。因此他必然会首先表现出对善和恶、美和丑的漠不关心。在研究工作中，他摆脱了爱和恨的标记，将两者同时转换为自己思考的兴趣所在。事实上，列奥纳多不是缺乏激情，他也不缺少神圣的火花——所有人类活动直接或间接的驱动力（il primo motore）。他只是把他的激情转化成为对知识的渴望，依靠从这种激情中获得的执着、坚定和洞察力来专心

---

[1] 列奥纳多·达·芬奇：《论绘画》（Leonardo da Vinci, *Trakta von der Malerei*, Nach der Übersetzung von Heinrich Ludwig neu herausgegeben und eingeleitet von Marie Herzfeld, Jena 1909, Abschnitt I, 64, S. 54）。

从事自己的研究工作。当他获取了知识，使自己的智力活动达到巅峰的时候，他才把长期受约束的感情释放出来，就像源于大河的小溪一样，让它们自由地流淌。当他达到知识的顶峰，可以审视事物的所有联系的时候，他会感到情绪激昂，然后用欣喜若狂的语言来赞美他所研究的这个创造性事物的伟大，或者用宗教的词汇，来赞美它的造物主的伟大。索尔密正确地理解了列奥纳多的这种转变过程。他在引用了列奥纳多称颂庄严的自然法则的一段文字["啊，神奇的必然性……"（O mirabile necessita…）]之后，写道："将自然科学转换成一种近乎宗教的感情，是列奥纳多手稿的一种独有的特征，在那里，这种事例俯拾皆是。"①

因为列奥纳多对知识的永不满足和不知疲倦的追求，他被称为意大利的浮士德。然而，当我们完全抛开关于研究的本能可能转换为生活乐趣的疑虑时，这是我们认定的浮士德悲剧的前提，那么我们尝试得出这样的结论：列奥纳多的发展和斯宾诺莎的思想方法相接近。

同物理学中力的转换一样，心理本能的力要转换为各种活动形式，没有损失或许也是达不到的。列奥纳多的例子告诉我们，在这一过程中，还有许多其他的东西值得关注。只有充分认识了某一事物后，才去爱它，其结果是知识代替了爱。如果一个人只是为了获取知识，那么他就不可能正确地去爱或是去

---

① 索尔密：《列奥纳多作品的复活》，载《佛罗伦萨会议论文集》(Solmi, "La resurrezione dell' opera di Leonardo", in: *Leonardo da Vinci, Conferenze Fiorentine*, Milano 1910)。——原文系意大利语，现依德文翻译译出。——中译者注

恨；他总是超越了爱和恨。他用调查研究代替了爱。这或许就是列奥纳多在爱情方面的生活比其他伟人和艺术家更不幸的原因吧。令人振奋或使人消沉的暴风雨般的激情本性在别人那里，可使其享受到最丰富的体验，但列奥纳多似乎并非如此。

这种本性还导致了其他的后果。研究同样取代了活动和创造。一个人，如果他能够看到宇宙间相互联系的伟大性和必然性，那么他很容易忘记渺小的自我。他沉醉于对宇宙的赞叹之中，变得十分虔诚，从而很容易忘记自己也是充满活力的一部分，他也可以依据自身的力量，去试着改变这个世界进程的一小部分，而这个世界的小部分并不比大部分缺乏精彩和意义。

正如索尔密所认为的那样，列奥纳多对自然的研究，最初可能是为他的艺术服务的。[1] 为了保证对自然界模仿的准确性，他努力研究光、色彩、阴影和透视的特性和规则，并给其他人指出了这种方法。也许他当时过高估计了这些知识对于艺术家们的价值。在绘画需求的不断引导下，他研究画家的创作主题，动植物和人体的比例，并通过它们的外表来获取其内部结构和生命技能的知识，这些东西确实通过它们的外形得以表现，并且它们也需要在艺术中加以体现。这种日益强大的欲望吸引着他，最终使他的研究和他的艺术要求之间的联系中断

---

[1] 索尔密：《列奥纳多作品的复活》，载《佛罗伦萨会议论文集》(Solmi, "La resurrezione dell' opera di Leonardo", in *Leonardo da Vinci*, *Conferenze Fiorentine*, Milano 1910)。"列奥纳多把对自然的研究当作画家的原则……但后来，当研究的欲望逐渐占据了主导的地位，他就不再希望为艺术而求知，而只是为了获取知识而求知。"——原文系意大利语，现依德文翻译译出。——中译者注

了。结果他发现了力学的一般规律，推断出了阿尔诺山谷（Arnotal）中的沉积物和化石的历史，并在他自己的一本书中，用很大的字母写下了这个真理：太阳不动（Il sole non si move）①。事实上，他的研究已经深入了自然科学的多个领域，在每个单独的领域内，他都是一个发明者，或者至少说是个预言家和先驱者。②他的求知欲是面向外部世界的，不涉及人类的内心生活。他为"芬奇研究院"（Academia Vinciana，见本书第四章结尾部分）画了一个很精致的标志，在这个研究院中，很少有关于心理学的东西。

当他尝试着从研究回到他的起点——艺术训练时，他发现自己被新的兴趣所干扰，并感觉到了自己心理活动本性的改变。在一幅画中，他首先对一个问题感兴趣，在这个问题的后面，他又能看到无数其他问题的出现，正如他在永无止境的自然研究中所熟悉的那样。为此，他不再限制自己的需要，不再孤立地去看待一件艺术品，也不再将它从它所属的广泛联系中分离出来。他努力要在画中表达与他思想相联系的一切，但这些努力都是徒劳的，因此他不得不在作品未完成的情况下放弃它或是声称它尚未完成。

这位艺术家曾收下了一名研究者来辅助他的工作，但现在，这个仆人却日益强大起来，并压制了他的主人。

---

① 《解剖手册》，1~6，皇家图书馆（*Quaderni d'Anatomia*，1-6，in：Royal Library, Winsor, V. 25）。
② 参照上揭赫茨菲尔德所著的优美的传记（1906）中的导论部分所列举的关于列奥纳多科学成就的细目；同样请参考上揭《佛罗伦萨会议论文集》（1910）中的单篇文章及其他几处。

第一章

当我们在一个人的性格里发现了一种过于强大的欲望，就像列奥纳多的求知欲那样，我们就提出用一种特殊的天性来解释它，虽然我们对产生这种天性的决定性因素（可能是器官的）还不是很清楚。通过对神经症患者的心理分析的研究，我们倾向于得出以下两个结论，并希望通过每个单独的案例来加以论证。我们认为，这种强烈的欲望有可能在一个人的童年生活的早期就已经存在了。童年生活的印象确立了这种欲望的主导地位。我们进一步假设，原始的性本能增强了这种强烈的欲望，以至它可以代表这个人以后性生活的一部分。例如，这种类型的人会用高度的牺牲精神（另一种类型的人则将这种精神奉献给了爱情）来从事研究事业，用研究来代替爱情。我们可以大胆地推论，性本能不仅增强了研究的欲望，而且在绝大多数带有强烈欲望的事件中，都起着推波助澜的作用。

通过观察人们的日常生活，我们发现，大多数人都将他们性欲中相当大的一部分成功地转向了他们的职业。性本能特别适合做出这种牺牲，因为它具有升华能力，也就是说，它有能力让其他具有更高价值的、不是性的目标来取代它的下一个目标。我们认为这个过程已经得到了证实，因为一个人的童年经历，即他童年心理发展的历史表明，在童年时期，这个强烈的欲望是为性兴趣服务的。我们找到了进一步的证据来证明，如果一个人在成年之后，性生活发生了明显的衰退，那么他的性活动的一部分将被这个强烈的本能活动所代替。

将这种设想应用到强烈的研究欲上似乎特别困难，因为人们恰好不愿相信儿童具有这种重要本能或者说是任何值得注意的性兴趣。但是，这些困难是容易克服的。小孩子们没完没地提问题表明了他们的好奇心。他们这样做是因为他们想以此来代替那个没有提出来的问题，如果大人们不了解孩子们这些直接的、无止境的问题，就会感到大惑不解。当孩子们长大懂事后，这种好奇心的表现常常会突然消失。精神分析研究给我们提供了一套完美的解释，它告诉我们，许多孩子，也许是大多数孩子，或者至少是那些有天赋的孩子，大约从三岁开始，就要经历一个被人们称之为"幼稚的性探索"时期。据我们所知，这个年龄段的孩子的好奇心不会自发地觉醒，而必须由对一件重要事情的印象，如弟弟、妹妹的出生来唤醒。根据别人的经验，他对弟弟妹妹的出生感到恐惧，因为他发现，他自身的利益受到了"威胁"。他开始研究孩子是从哪里来的这个问题，也就是说，他要寻求抵御这件他所不喜欢的事情的方法和手段。我们惊讶地获悉，孩子们拒绝相信大人们给他们的答案，例如，他们不相信富有神话色彩的鹳的寓言（Storchfabel）①。他开始怀疑他思想的独立性，并时常感到和成人之间的这一最初的对立。从根本上来讲，他再也不能原谅成人们在这件事情上对他的欺骗。他开始按照自己的思路进行研究，推测出婴儿在母体中的存在，并随着自己性欲冲动的引导，得出婴儿来源于吃饭，并通过人的肠子生出来，以及父亲在其中扮演着很难说清楚的角色等理论。那时，他已经预感到性行为的存在，在他

---

① 在西方的寓言中，鹳被看作是与生育有关的动物。如果说：仙鹳造访了哪位女士（英：a visit from the stork，德：bei jm. ist der Storch gewesen），或仙鹳啄了某女士的腿（德：der Storch hat jn. ins Bein gebissen），都是某女士怀孕或生孩子的委婉说法。——中译者注

第一章

看来，这是一种充满敌意和暴力的行为。但由于他的性结构还没有达到生孩子的程度，因此他对婴儿是从哪里来的这个问题的研究难免一无所获并最终搁浅。第一次智慧尝试的失败留下的是一种长久的、无比沮丧的印象。①

由于强烈的性压抑的推动，幼稚的性研究时期结束了。这时，研究的欲望有可能朝三个方向发展，这是因为这种研究欲望在早期是和性兴趣密切相关的。在第一种情况下，研究和性欲有着相同的命运。从那以后，好奇心处于压抑的状态，智力的自由活动可能在此人的一生中都受到限制，特别是此后不久，通过教育，宗教思想的巨大障碍产生了。我们很清楚地知道，由此带来的弱智极易引发神经症。第二种情况，智力的发展极其强大，足以能够用来抵抗约束它的性压抑。当幼稚的性探索时期结束后，智力成熟了，它能够在回忆旧的关系时，帮

---

① 通过研究《对一个五岁男童的恐惧症的分析》（*Analyse der Phobie eines fünfjährigen Knaben*, 1909. In: *Ges. Werke*, Bd. VII, S. 243 ff; Studienausgabe, Bd. VIII, S. 9 f.）以及类似的观察结果，这个听起来不大可能的断言得到了证明。[1924年以前的版本尚有以下的话：以及在《精神分析学和精神病理学研究年鉴》（*Jahrbuch für psychoanalytische und psychopathologische Forschungen*）卷二中有类似的观察——这里所指的是荣格1910年的论文《儿童心灵的隔阂》（Jung, "Über Konflikte der kindlichen Seele"），载《精神分析学和精神病理学研究年鉴》卷二，第33页。]在《幼稚的性理论》（"Infantile Sexualtheorien", 1908，《全集》，第7卷，第171页；供研究用的版本，第5卷）这篇文章中，我曾这样写道："然而，这种沉思和怀疑便成了以后所有用来思考问题的智力活动的样板，第一次失败使孩子一生的智力活动都处于停顿的状态。"

助回避性压抑。被压制了的性研究从无意识中再次呈现出来，虽然这种研究是扭曲的和不自由的，但它足以使人的思想带有性的特征，并用性过程本身的快乐和焦虑来强调智力工作。在这里，研究成了一种性活动，而且通常是唯一的活动，解决和澄清问题的感觉代替了性满足。但是这种思考重复了儿童时期研究的特点，它是永无止境的，那种寻找到了答案的感觉变得越来越遥遥无期了。

第三种类型是最少见，也是最完美的。它避免了智力障碍和神经症的思考压力。虽然也可能发生性压抑，但它不会把性的乐趣降至潜意识中。在这里，性欲逃脱了压抑的命运，因为它从一开始就升华为一种好奇心，用来支持这种强大的探索欲望并使之得到加强。在这里，探索活动在一定程度上也可能成为一种压力，或是性活动的替代物，但是由于潜在的心理过程完全不同（升华替代了潜意识的出现），神经官能症的特点并没有出现。它不再受幼儿性研究原始情愫的约束，性欲能够自由地为智力的兴趣服务。由于加入了升华了的性欲，性欲变得非常强大，以至于它为了顾及性压抑，要避免任何与性主题有关的活动。

如果我们认识到在列奥纳多身上并存着强烈的研究欲望和衰退的性生活（只局限于所谓的想象中的同性恋），我们就倾向于将他称作是第三种类型的典范。当他的好奇心在幼年时为性兴趣服务后，他就成功地将大部分的性欲升华为对研究的强烈欲望。这就是他的本质的核心和奥秘。但是要证明这个观点是正确的，确实不容易。我们应当了解他童年早期心理发展的一些情况。但是有关他生活的报道很少，而且很不确切，因此，我们寄希望于这些材料似乎有些可笑。但有关资料匮乏的问题即使在我们这个时代也没能引起观察家们的足够重视。

关于列奥纳多年轻时的情况，我们所知甚少。只知道他于1452年出生于佛罗伦萨（Florenz）和艾姆波利（Empoli）之间的一个叫作芬奇（Vinci）的小镇。他是一个私生子，这在当时并不被人视作一个严重的市民阶层的耻辱。他的父亲叫瑟尔·皮其鲁·达·芬奇（Ser Piero da Vinci），是一个公证人，出生于一个公证人和农民相结合的家庭，他的姓氏则来源于芬奇这个地名。他的母亲叫卡特琳娜（Catarina），好像是个农村姑娘，后来和芬奇这个地方的另一个人结婚了。这位母亲没有在列奥纳多生活的经历中再次出现过，只有作家梅列日科夫斯基确信自己找到了她的蛛丝马迹。关于列奥纳多童年时代的唯一比较可信的资料来自1457年的一份官方文件。这份文件是佛罗伦萨征收土地税的登记簿，其中提到列奥纳多是芬奇家族中的一员，是瑟尔·皮其鲁的5岁私生子。[①] 瑟尔·皮其鲁与阿尔贝拉（Albiera）结婚后没有孩子，所以列奥纳多就有可能被留在他父亲处抚养。他一直没有离开这个家，直到他作为一名学徒进入委罗基奥（Andrea del Verrocchio）的画室，但具体在什么年龄，则不甚清楚。1472年，列奥纳多的名字就已经出现在画家团体的成员名单中了。这就是关于列奥纳多的一切。

---

① 参照前揭斯考克那米克立欧（Scognamiglio）的著作（1900，第15页）。

第二章

据我所知,在列奥纳多的科学手记中只有一处涉及有关他童年时期的情况。在一段描写秃鹫(Geier)飞行情况的文字中,他突然中止了叙述,追忆起很早就在他的脑海中涌现出的一段记忆。

看起来,我似乎是命中注定要彻底地研究一番秃鹫了,因为我忆起了一件很早的往事:当我还躺在摇篮里时,一只秃鹫向我飞来,它用它的尾巴打开了我的嘴,并多次用它的尾巴撞击我的嘴唇。①②

---

① 以上一段话的原文系意大利语,现依据德文翻译译出。——中译者注

② 在上面提到的这段话中,弗洛伊德引用了赫茨菲尔德从意大利原文翻译过来的德译本的内容。其中有两处翻译上的错误:"nibio"应当是"鸢"(Milan)而不是"秃鹫"(Geier,见德文版的编者按,第89页),而"dentro"这个词并没有被译出来,它的含义应该是"在嘴唇之间"(zwischen die Lippen),而不应该是"撞击嘴唇"(gegen die Lippen)。不过在下文中,弗洛伊德自己纠正了这个错误(第112页)。

第二章

　　这是一个童年的记忆，而且是一个非常奇特的记忆。因为它的内容和它所标明的年龄很奇特。一个人能够保持他在婴儿时期的记忆或许不是不可能的，但这种情形无论如何也不能看作是确定的。列奥纳多在这个记忆里所宣称的秃鹫用尾巴撞开小孩嘴巴的情形，听起来不大可能，简直太令人难以置信了；那么对此记忆的另一种观点，则能够一下子解开这两个难点，并有助于我们形成对此记忆的判断。依照这个观点，有关秃鹫的这一幕并不是列奥纳多的记忆，而是他在后来的日子里形成并将之转换到童年时代的一个幻想。① 童年时代的记忆通常没有其他来源，它不像成年期有意识的记忆那样，固定在自己所经历的事件上，并对此加以不断重复，它是在童年以后的岁月里才引发出来的。其间，它们被改变或被杜撰，以便为今后的发展趋势服务，因此，人们很难把它们从幻想中准确地识别

---

① ［1919年加入的新注］在对本书进行赞赏的同时，艾利斯（Havelock Ellis, 1858－1939）对上述观点提出了异议。他不赞成列奥纳多的这个记忆有真实的基础。因为儿童的记忆通常要比人们设想的晚许多。大鸟不一定就是秃鹫。我很愿意承认这一点，并且为了减少困难，我也愿意这样设想：母亲看到大鸟拜访了她的孩子，她很容易将这件事看作赋予了某种意义的征兆，于是她后来反复给她的孩子讲述这件事，以至于孩子在他的记忆中保留了这个故事；后来，就像通常所发生的那样，这个孩子就有可能将这个记忆看作是自己的亲身经历。仅是这些小的变动无损于我对整体的叙述。在一般情况下，人们日后形成的幻想都是以早期容易被遗忘的小事为依据的。所以，将现实中那些微不足道的事情提取出来，并用这种方式加以安排，就像列奥纳多那样将鸟称之为秃鹫，并描述它荒诞的行为，必定有其隐秘的动机。

出来。如果人们能够思考一下古老民族的历史学的产生方法和方式，也许能更好地解释它的本质。弱小的民族都不会想着去记载自己的历史。人们耕种土地，为了生存同邻国抗争，尝试着侵占那里的土地并夺取财富。这是英雄的时代，而不是历史学家的时代。接下来，另一个时代到来了。这是一个思考的时代，人们感到自己富裕和强大起来了，因此，就产生了一种愿望，想知道人是从哪里来的，人是怎样变成人的。历史学以记载现今发生的事件开始，同时也回顾过去；它搜集传统和传奇，解释从古代保留下来的风俗习惯，由此创造史前时代的历史。这种史前史更多的是当代人的观点和愿望的一种表示，而不是对过去的写照——这是必然的结果。因为许多事件在人的记忆中消失了，另一些被歪曲了，还有一些过去的遗迹，则按照现代人的观点被曲解了。另外，人们写历史并不是出于客观的好奇心，而是期望以此来影响他们的同时代人，鼓励和激励他们，并明确指出他们的错误。一个人对他成年期所经历的事件的有意识记忆与历史学相类似，而他对童年的回忆，就其产生和可信度而言，则与一个民族的史前史相同，它是人们在以后的岁月里，根据自己的倾向性而加以改编的。

如果列奥纳多关于秃鹫落在他摇篮里的故事仅仅是他后来产生的一个幻想，那么人们就会认为，在这样一个幻想上花费那么多的工夫很不值得。也许有人会满足于这样的一种解释：列奥纳多不隐瞒自己的爱好，他把自己对飞鸟问题的研究看作是命运的安排。但是，如果人们低估了这个故事的含义，就会导致错误出现，就像人们轻易地抛弃在一个民族的史前历史中发现的传奇、传统和对此所做的解释那样，它们虽然存在被歪

第二章

曲和误解的地方，但仍然代表着过去的事实。它们是一个民族根据早期的活动，在曾经强大的、现在仍起作用的动机下形成的经验。如果我们能够借助于所有起作用的知识力量把被歪曲的事实扭转过来，那么发现这些传说材料背后的历史真相并不困难。同样，这也适用于一个人对童年的记忆或幻想。一个人相信他对童年的记忆并不是无关紧要的。通常，在这些连他自己都搞不清楚的残存的记忆背后，隐藏着关于他心理发展重要特征的难以估量的证据。① 现在，我们掌握了精神分析中先进

---

① ［1919年加入的新注］此后，我还将这种分析应用于另一个伟大人物的令人难以理解的童年记忆上。歌德在他60岁时写了一本自传《诗与真》（J. W. von Goethe, *Dichtung und Wahrheit*）。他在这本书的前几页中写到，他曾在邻居的唆使下，把一些大小不等的陶器从窗子扔到了街上，摔得粉碎。这是他所描写的童年生活中唯一的一幕。歌德关于童年的记忆和其他没有成为伟大人物的普通人的记忆是一致的，它在内容上不存在相互的联系；此外，歌德在这里没有提到他的小弟弟。这个弟弟在歌德三岁零九个月时出生、将近十岁时就死掉了。这些情况促使我对歌德的这个童年记忆进行了分析（不过，歌德在书的后面部分，在描述童年的许多疾病时提到了他的弟弟）。在此，我希望能用另外一种东西来代替这个记忆，这种东西应当更加符合歌德的叙述，并且它的内容将使之具有保留的价值，并与歌德赋予它的、在自己的生活经历中所拥有的地位相称。简单地分析［"《诗与真》中歌德的童年记忆"（S. Freud, "Eine Kindheitserinnerung aus *Dichtung und Wahrheit*", 1917, in: *Ges. Werke*, Bd. XII, S. 15ff. Studienausgabe, Bd. X, S. 225ff）］会将扔瓷器看作一种不可思议的行为，以此来反对讨厌的入侵者；书中所描写的这件事情代表着这种胜利的喜悦，那就是不允许有第二个儿子来干扰歌德和他母亲之间的亲密关系。如果早期的、和母亲有关的童年记忆都以这种方式伪装起来——正如歌德和列奥纳多的情况那样——难道这不让人感到惊讶吗？ （转下页注）

的辅助手段，让隐藏的事实显现出来，这样，我们就可以通过分析列奥纳多童年的幻想，来填补他生活经历中的空白。如果这样做，我们还不能达到令人满意的确信度，那我们就只能这样来安慰自己了：用其他方法来研究这位伟大的、谜一般的人物也没有取得过更好的成绩。

如果我们用精神分析家的眼光来审视列奥纳多对秃鹫的幻想，那么这个幻想对我们来说就不再是奇怪的了。我们似乎能回忆起在许多地方见到过类似的事件，例如在梦中。因此在这里，我们大胆地将这个幻想从它自己特殊的语言中翻译成通俗易懂的文字。这个翻译是带有性色彩的。"coda"这个词在意大利语中和其他语言中一样，是男性性器官最为人熟知的象征物和替代物。列奥纳多幻想中的情形，即秃鹫用尾巴撞开孩子的嘴，并用尾巴在里面来回活动，[①] 与口交（Fellatio），即把阴茎放入性对象的嘴里的行为是相符的。很奇怪，这种幻想的特征是完全被动的，它与妇女和被动的男同性恋者（指在男性同性恋者关系中扮演女人角色的人）的梦和幻想是一致的。

我希望读者能够控制住自己，不要因为精神分析被首次用

（接上页注①）在1919年的版本中，弗洛伊德将"此处，在这种情况下，歌德在这里没有提到他的小弟弟"改为"此外出现了一种特殊情况，歌德根本没有提到他的小弟弟……"在1923年的版本中，这一句又改回成了原先的形式，并加上了在括号中的句子。这一改动，弗洛伊德在他1924年发表的关于歌德的论文中的注解里做了说明。见弗洛伊德《有关艺术与文学的著作》（S. Freud, *Schriften zur Kunst und Literatur*, Frankfurt, 1987. S. 261）。

① 参见第24页注释①。

来分析一位伟大、纯洁的人的记忆，就对它进行不可原谅的中伤，就让愤怒的思潮妨碍自己跟着精神分析前进。很清楚，这种愤怒的情绪绝不可能告诉我们列奥纳多童年幻想的真正意义。另外，列奥纳多用最明确的方式承认了这个幻想，因此，我们不能放弃自己的愿望，或者说得好听点儿是不能放弃自己的偏见：这类幻想和其他一些心理创造活动，例如梦、幻想或妄想一样，必定有着某种意义。因此，最好让我们耐着性子公正地倾听一会儿分析工作，因为它还没有讲完呢！

把男人的性器官放进嘴里并吮吸它的嗜好在中产阶级的社会里被认为是令人恶心的性变态，然而在今天的妇女中却很常见——古时亦然，正如一些古雕塑所表现的那样。在做爱时，这一嗜好完全失去了令人作呕的特征。医生们发现，即使那些没有读过克拉夫特-艾冰（Krafft-Ebing）的《变态性心理》（*Psychopathia sexualis*）或是没有通过其他渠道意识到通过口交的方式有可能获得性满足的妇女，也能从这种爱好中产生幻想。看起来，妇女们似乎更容易通过自身产生这种幻想。① 进一步的研究告诉我们，这种受到道德严厉遣责的情形却有着最纯洁的起源。它只是以不同的方式重复了我们都曾感受到愉悦的一幕——当我们还是婴儿时（"essendo io in culla"）②，将妈妈或者是奶妈的奶头放入嘴里吮吸。这是我们生命中的第一个享受，对它的感官印象在我们心中留下了不可磨灭的痕迹。后

---

① 参照《一例癔症分析的片段》（*Bruchstück einer Hysterieanalyse*, 1905. Ges. Werke, Bd. V, S. 219f.；Studienausgabe, Bd. VI）大约在第一段下半部分的中间。

② "当我躺在摇篮里"，见第 24 页注释①。

来，孩子认识了和人类乳房具有相同功能的牛乳房，由于它的形状和它在肚子下的位置与阴茎相似，这样，他就有了初步的性认识，为以后产生令人恶心的性幻想打下了基础。①

现在，我们知道了列奥纳多为什么将他所谓的秃鹫的经历看作是他婴儿时期的一个记忆了。这个幻想后面掩盖的无疑是躺在妈妈怀里吃奶或是被哺乳的回忆。这是人类中美丽的画面。列奥纳多和其他许多艺术家一样，曾用自己的画笔描绘了圣母和她的孩子在一起时的动人情景。但是，有一点我们还是不明白：为什么这个对两性来说同样重要的记忆却被列奥纳多转换成了被动的同性恋幻想？我们暂时把同性恋和吮吸母乳之间有什么关系这个问题放在一边，然后单独地回想一下，事实上，按照传统的观点，列奥纳多确实是一个有同性恋倾向的人。对于我们来说，那些对于年轻的列奥纳多的指责并不重要——不管它们是否公正。我们判断一个人是否具有同性恋（Inversion）②的特征，并不是根据他的实际行为，而是他的感情取向。

接下来我们要谈的是列奥纳多童年幻想中另一个让人难以理解的特征。我们把这个幻想解释为等待母亲哺乳的幻想，并发现秃鹫替代了他的母亲。那么，这只秃鹫是从哪里来的？它又是如何飞到这个位置的呢？

关于这点，我突然产生了一种想法，但它是那么遥远，以

---

① 参照对"小汉斯"的分析（1909b），供研究用版本，第 8 册，自第 15 页起。
② 在 1910 年的版本中写作 Homosexualität（同性恋）。

至于我差点儿想放弃它。在古埃及人神圣的象形文字中，秃鹫的画像就代表着母亲。① 那些埃及人还崇拜母系的神祇，她被描绘成有一个秃鹫的头，或是有几个头，但其中至少有一个是秃鹫的头的形象。② 这个女神的名字叫穆特（Mut），与我们的单词"Mutter"（母亲）的发音相似，难道这仅仅是一种巧合吗？如果在秃鹫和母亲之间确实存在某种联系，那这对于我们又有什么帮助呢？我们不能苛求列奥纳多了解这种知识，因为第一个成功地读懂象形文字的人是商博良（François Champollion，1790 - 1832）。③

探寻一下古埃及人是怎样选择秃鹫作为母亲的象征，这一点将是非常有趣的。古埃及人的宗教和文化在当时就已经成为希腊和罗马人进行科学研究的对象了。早在我们能够读懂埃及文物很久之前，我们就已经从流传下来的古典著作中获得了有关埃及文物的资料。这些作品有些出自一些有名的作家之手，例如斯特拉波（Strabo）、普鲁塔克（Plutarch）和阿米阿努斯·马尔切利努斯（Ammiaus Marcellus）；另一些则是由我们所不熟悉的作家所著，其史料出处和写作日期都不确定。像赫

---

① 赫拉波罗：《象形文字》（Horapollo, *Hieroglyphica*, Bd. 1, S. 11）：为了表示母亲，他们勾画了一只秃鹫。——原文系古希腊语，中文系从德文翻译译出。——中译者注
② 参照罗舍尔《希腊和罗马神话详解词典》（Loscher, *Ausführliches Lexikon der griechischen und römischen Mythologie*, 1894 - 1897），兰祖内《神话词典》（Lanzone, *Dizionario di mitologia egizia*, 5 Bde., Turin, 1882）两部著作。
③ 参照哈特雷本《商博良——生平与著作》（H. Hartleben, *Champollion, Sein Leben und sein Werk*, Berlin, 1906）。

拉波罗的《象形文字》（Hieroglyphica）和那本流传于世的、以赫姆斯·特里莫吉斯多斯（Hermes Trismegistos）神的名义所做的关于东方教士智慧的书。从这些史料中我们知道，秃鹫之所以被看作母亲的象征，是因为人们相信，这种鸟只有雌性的，而没有雄性的。① 在古代自然史中，我们能够找到单性繁殖的相应例子；埃及人崇拜圣甲虫，将它看作有神性的甲虫，并认为，只有雄性的圣甲虫存在。②

如果所有的秃鹫都是雌性的，那么它们又是如何受孕的呢？赫拉波罗的书中有一段内容对此做了解释：③ 在某个特定的时间，这些鸟停留在半空中，敞开它们的阴户，风使它们受孕。

---

① "人们说，不曾有过雄秃鹫的存在，所有的秃鹫都是雌性的"——原文系古希腊语，现依据德文翻译译出。——中译者注。阿利安：《动物的本性》（Aelian, *De Natura Animalium*, Bd. 2, S. 46）为罗莫尔所引用 "有关生命雌雄同体的观念"，载《过渡阶段性学年鉴》（v. Römer, "Über die androgynische Idee des Lebens", in: *Jb. Sex. Zwischenstufen*, 1903, Bd. 5, S. 732）。

② 普鲁塔克（Plutarch）："正如他们相信只有雄性的圣甲虫那样，埃及人也认为，不存在雄性的秃鹫。"在这里，弗洛伊德错误地将这句话归到了普鲁塔克的头上。事实上，这句话是李曼斯为赫拉波罗写的评论（Leemans, *Horapollonis Nilioi Hieroglyphica*, Amsterdam, 1835. S. 171）。请参考第32页注释③。

③ 赫拉波罗：《象形文字》，李曼斯编（1835年）。有关秃鹫性别的描写（第14页）："他们用秃鹫的画像来代表母亲，因为这一物种没有雄性。"——原文系古希腊文，现依据德文翻译译出。——中译者注（赫拉波罗的这段话似乎被错误地引用了。从文章本身的内容来看，这里应当指的是秃鹫由风受孕的神话）

第二章

这样我们就意外地发现，不久前我们还认为荒谬并加以否定的东西，现在看起来是非常有可能的了。列奥纳多很可能知道这个科学寓言，在这则寓言中，埃及人让秃鹫担当起了母亲这个概念的形象化代表。列奥纳多是一个涉猎广泛的学者，他的兴趣涵盖了文学和科学的所有领域。在《亚特兰蒂库斯古文抄本》（*Codex atlanticus*）中，我们发现了他在一个特定的时期内所拥有的全部书籍的目录，[1] 另外还有许多他对从朋友那里借来的书籍所做的读书笔记。我们从里希特（Fr. Richter, 1883）[2] 摘录的列奥纳多的笔记中可以知道，我们无论怎样高估他的阅读范围都不过分。同样，那些关于自然科学的现代的和古代的作品也都属于这一范围。当时，这些书都已经印刷出版，而米兰恰恰是意大利新兴的印刷艺术的中心。

如果说，列奥纳多有可能知道秃鹫的寓言，那么我们通过对另一则消息的进一步探讨，则可以将这种可能性转换成确定性。赫拉波罗作品的博学的编辑和评论家对上面的引文做了如下补充说明［李曼斯（Leemans），1835，第172页］："不过，这个关于秃鹫的故事被教会的神父们热切地接受了，其目的是凭借着从自然秩序中获取的证据，试图驳倒那些否认圣灵感孕的人。因此，这个证据几乎被他们所有的人引用。"[3]

因此，有关秃鹫的单性和它受孕的寓言与圣甲虫一样，绝非无关紧要的奇闻逸事；教父们抓住这个来自自然史中的证

---

[1] 参照上揭明茨的著作（Müntz, 1899，第282页）。
[2] 参照上揭明茨的著作（Müntz, 1899，第282页）。
[3] 原文系古希腊文，现依据德文翻译译出。——中译者注

据，来驳斥那些怀疑圣史的人。假如在古代最详细的记载中，秃鹫被描述为受孕于风，那么为什么同样的事儿却没有发生在妇女的身上？既然关于秃鹫的寓言有其可利用的价值，因此，"几乎所有"的神父们都将它挂在了嘴边。毋庸置疑，列奥纳多也一定知道这则备受保护的寓言。

现在我们可以用下面的方式来进一步设想列奥纳多关于秃鹫幻想的产生了。他曾经很偶然地在一个神父那里或者是在一本有关自然的书籍中读到所有的秃鹫都是雌性的，并且知道它们在没有雄性帮助的情况下也能自行繁殖。于是，一个记忆在他的心中显现，并被改造成了这样的一个幻想：他自己也是个秃鹫的孩子，他只有母亲，而没有父亲；接着，他又联想到他以前的印象，那种躺在母亲的胸前所得到的愉悦享受。教会的神父们隐喻的圣母及其孩子的思想，是每个艺术家都感到弥足珍贵的思想，而对列奥纳多来说，则更是增加了他那幻想的价值和重要性。的确，他能够以这种方式将自己认同于一个小基督徒，而不只是一个女人的安慰者和拯救者。

我们解剖一个人的童年幻想，目的是要区分哪些是真实的记忆，哪些是出于后来的动机而被修饰和歪曲的内容。在列奥纳多身上，我们相信我们已经了解了他幻想的真正内容：秃鹫替代母亲意味着孩子失去了父亲，只和母亲为伴。列奥纳多是一个私生子的事实与他的秃鹫幻想是一致的，正是这个原因，他才能够把自己比作是一个秃鹫的孩子。但是，我们从另一个他童年时代的可靠事实中获悉，他在5岁时，被他父亲的家庭接受了。我们完全不知道，这到底是在什么时候发生的，是在他出生几个月后，还是在土地登记前的几个

第二章

星期?① 现在，我们可以这样来解释这个关于秃鹫的幻想：它要告诉我们，列奥纳多一生中最为关键的最初几年不是在他的父亲和继母身边度过的，而是和他那贫穷的、被遗弃的亲生母亲共同度过的。因此，他在一段时间内，体验到了缺乏父爱的感受。这似乎是从我们所做的精神分析的努力中得出的一个不够充分却很大胆的结论，随着研究的继续深入，它会具有特别重要的意义。对列奥纳多童年真实情况的考虑，可以帮助我们增强这个结论的确定性。根据史料我们知道，在列奥纳多出生的那年，他的父亲瑟尔·皮其鲁与出身高贵的阿尔贝拉小姐结婚了，因为他们婚后一直没有孩子，所以他被他父亲，或者更确切地说是他的祖父家收养了。正如文件所证实的那样，那年他5岁。让一个新婚不久，还期待着自己子孙满堂的年轻妇女来抚养一个私生子，这种情况在当时并不多见。在经历了几年的失望之后，他们决定收养这个可能长得很讨人喜爱的小男孩，这对他们并没有像所希望的那样结婚生儿育女的状况是一个补偿。如果列奥纳多与孤独的母亲在一起生活了至少三年，或许是五年之后，才有了父母双亲，那么这种状况就和有关秃鹫幻想的解释最为吻合了。可惜，这一切已经为时太晚。因为在生命的最初三年或是四年的时间内，某些印象已经固定，对外部世界的反应方式也已经建立，它们不会因为以后的经历而失去原来的意义。

一个令人难以理解的童年记忆以及在此基础上建立的幻想永远是一个人精神发展中最重要的因素，如果这个观点是正确

---

① 请参考第一章结尾处。

的，那么，秃鹫幻想所印证的事实，即列奥纳多生命中的最初几年是同他的生母共同度过的，就会对他内心生活的塑造产生至关重要的影响。这种情形的必然结果就是，这个孩子在他的早年生活中就比别的孩子多面对一个问题，他开始热衷思考这个谜——孩子是从哪里来的，父亲和孩子的出生有什么关系。就这样，他在很小的时候，就变成了一个研究者。① 这是一个猜测：他的研究和他的童年经历的联系促使他在后来声称，他注定要对鸟的飞翔问题进行研究，因为当他还在摇篮里的时候，秃鹫就拜访了他。这样，要说明他对鸟儿飞行的好奇心如何源于他童年时代的性研究这个问题，就不再困难了。

---

① 参照《论幼稚的性理论》（*über infantile Sexualtheorien*，1908c，in：*Ges. Werke*，Bd. VII, S. 171ff；Studienausgabe, Bd. V）。

第三章

在列奥纳多的童年幻想中，秃鹫这个因素对我们来说代表着他记忆的真实内容，而这个幻想的来龙去脉则有助于说明这个内容对他以后生活的重要性。在对这个幻想进行解释的过程中，我们遇到了一个令人惊讶的问题：为什么这个幻想的内容被改造成了同性恋的情境。用乳汁哺育孩子的母亲变成了把尾巴放进孩子嘴里的秃鹫。我们断定，[①] 根据常见的语言替换惯例，秃鹫的"尾巴"（*Coda*）只可能象征着男性生殖器——阴茎。然而，我们不清楚，他的想象活动是如何将男性的显著特征赋予了象征着母亲的鸟。这种荒唐的做法使我们怀疑，他的幻想是否具有理性的意义。

但是，我们对此绝不能气馁。我们只要想一想，在过去，有多少看似非常荒谬的梦，我们都找到了它们的意义所在。那么，又有什么理由说，解释一个童年的记忆比解析一个梦更困难呢！

这使我们想起这样一个规律：当一个特征被独自发现时，

---

① 参见第二章。

总是不能令人感到满意。我们应当赶紧去寻找第二个更加显著的特征。①

关于德莱克斯勒（Drexler）神，在罗舍尔（Roscher）的辞典中这样写道：长着秃鹫头的埃及女神穆特（Mut）是一个没有任何人类特征的形象，她经常与另外一些具有鲜明特征的女神，如专司生育的女神伊希斯（Isis）及爱神哈托尔（Hathor）结合在一起出现，与此同时她又保持着自己的独立性和崇拜者。埃及众神的特点是单个的神并不在结合成综合神的过程中消失。单个的神在与其他神的融合过程中继续独立存在。现在这个长着秃鹫头的女神通常被埃及人塑造成带有男性生殖器的形象。②她那长着一对女性乳房的身子上还有一个勃起的男性生殖器。

正如列奥纳多的秃鹫幻想那样，女神穆特也同样具备了女性和男性的双重特征！我们能否这样来解释这种巧合：列奥纳多通过读书，知道了雌秃鹫具有两性同体的特征。但这种假设是有问题的：因为从列奥纳多接触的资料来看，似乎并不包含这个奇怪的论断。因此，我们只有找到在这两种情形中（指女神穆特和雌秃鹫的两性同体）都起作用，但我们还不清楚的一个共同因素，才能比较贴切地来解释这个问题。

神话告诉我们，雌雄同体的构造，即兼有男性和女性的性特征，不仅为穆特所独有，而且也为其他神，像生育神伊希斯和爱神哈托尔所具有。也许人们只是因为这些神具有母性的本

---

① 参照弗洛伊德《梦的解析》（1900a, in: *Ges. Werke*, Bd. Ⅱ-Ⅲ; Studienausgabe Bd. Ⅱ）中类似的注释，位于第四章的开头。
② 参照兰祖纳（Lanzone）的插图（l. c., T. CXXXVI-Ⅷ）。

性，才将他们和穆特结合在一起的。① 神话还告诉我们，另一些埃及神，例如说赛斯（Sais）的奈斯（Neith）神——它是希腊雅典娜（Athene）的前身，开始也被想象成两性同体，即两性人（hermaphroditisch）。另外还有许多希腊神，特别是酒神狄奥尼修斯（Dionysos），以及后来专门充当女性爱神的阿芙罗狄蒂（Aphrodite）也是如此。这些神话想告诉大家：把男性的生殖器加在女性的身上是要表达最原始的自然创造力；所有这些两性同体的神都要表达这样的一种思想，即只有将男性和女性的特征结合在一起，神的完美才能得到庄重的体现。然而，这些解释都没有澄清那个令人迷惑的心理事实，即人类的想象力为什么会给体现母亲本质的想象，加上了与母性完全相反的男性力量的标志。

幼稚的性理论给我们提供了这样的解释：曾经有一段时间，男性生殖器被认为与母亲的形象是一致的。② 但是，当一个男孩子第一次将他的好奇心转向性生活之谜时，他就被自己对性生活的兴趣所控制了。他发现自己身体的那个部位太有价值、太重要了，以至于他不能相信，那些和自己非常相似的人身上会缺少这一部分。因为他不能猜测出还存在另一种与此价值相等的生殖器结构，因此他不能不得出这样一种假设：所有的人，包括妇女，都拥有一个像他一样的阴茎。这种偏见牢牢地植根于这个年幼的探索者心中，以至于当他第一次观察到小女孩的生殖器时，这种偏见也未曾遭到破坏。尽管他感觉到，女孩子身上确实有某种东西和自己不一样，但他还是不能使自

---

① 上揭罗莫尔（v. Römer, 1903）。
② 参照上揭《论幼稚的性理论》（1908c）。

己承认,这种感觉的内容是他在女孩子身上找不到阴茎。对他来说,没有阴茎是令人恐怖和难以忍受的事情,所以,他试着得出这样一个模棱两可的结论:女孩子也有阴茎,只是它还很小;以后它会慢慢长大的。① 如果在以后的观察中,他的这个愿望没能实现,那么他还有另一种补救的方法:小女孩也有阴茎,但是它被割掉了,并在那个地方留下了一道伤口。这个理论的进步已经包含了令人痛苦的性经验。在此期间,这个男孩子已经听到过这样的恐吓:如果他表现出对那个器官太浓厚的兴趣,那么这个珍贵的器官就会被人拿走。受这种阉割恐吓的影响,他现在用一种新的方法来解释自己对女性生殖器的看法。从今往后,他在为男性生殖器担忧的同时,也将蔑视那些不幸的人,因为他认为,严厉的惩罚已经降临到了他们的身上。②

---

① 参照《精神分析学和精神病理学研究年鉴》(*Jahrbuch für Psychopath. Forschungen*) 中的观察(弗洛伊德:《小汉斯》,1990年供研究用版本,第8卷,第17页及下一页)、荣格1910年的著作(《论儿童心灵的隔阂》),弗洛伊德1919年新增的注释],并可参照《国际精神分析医疗杂志》(*Internat. Zeitschr. f. ärztl. Psychoanalyse*) 和《潜意识中之偶像》(*Imago*) 中的内容(有关儿童分析的一章)。

② [1919年新增注释] 看来,我不能拒绝接受这样的观点,那就是在这里同样可以找到西方民族强烈而又荒谬的反犹太主义的根源。人类无意识地将包皮环割术等同于阉割。如果我们敢于将我们的这种设想应用于人类的原始时期,那么我们可以推测,包皮环割术最初应当是用来代替阉割的一种减刑方法。有关这一论题的论述还可在《小汉斯》(1909b) 的分析,供研究用版本的第8卷,第36页,注释2中,《摩西其人与一神教》(*Der Mann Moses und die monotheistische Religion*, 1939) 的第三章,第一部分的第D段中找到。

第三章

在一个孩子还没有受阉割情结的支配之前，在他还认为女人是没有缺陷的时候，他就表现出一种很强的窥视欲，这是一种性本能活动。他想看一看别人的生殖器，也许他最初的目的只是想把别人的生殖器和自己的做一个比较。这种性吸引力源于他的母亲，并且不久就在对他母亲生殖器的渴望中达到顶峰。他以为母亲的生殖器会是一个阴茎。但是后来，他发现女人没有阴茎。于是，这种渴望就常常转换成厌恶，在青春期，这种厌恶感就有可能成为心理性阳痿、厌女症和长期的同性恋的原因。然而，由于他的强烈渴望曾经固定在女人的阴茎上，这在孩子的精神生活中留下了无法抹去的痕迹，因此，他会特别深入地探索幼儿的性。盲目地崇拜女人的脚和鞋表明，他只是把脚当作了他曾经崇拜过的，但是后来又失踪了的女人的阴茎的替代性象征。"剪辫子"的人（Zopfabschneider）不知道，自己其实扮演了阉割女性生殖器的角色。

只要人们不放弃我们文化中那种贬低生殖器和性功能的态度，那么他就不可能正确地理解儿童的性行为，或许他还会想出另一种解释的办法，声称这里所说的一切都是不可信的。因此，我们需要用一些出自原始时期的类比来理解儿童的精神生活。经历了一代又一代的岁月，人们将阴部（Pudenda）看成是羞耻甚至是令人厌恶的东西，这是性压抑进一步发展的结果。综观我们这个时代的性生活，尤其是统领人类文化主流阶层的性生活，那么我们会说[①]：生活在今天的大多数人都是极

[①] 这句话是1919年新增加的注释。

不情愿地服从着繁衍后代的命令,他们觉得自己作为人的尊严在这一过程中受到了破坏和贬低。另外,在我们中间还有一种关于性生活的观点,但它只存在于粗俗的社会底层;在高雅的上层社会,这一观点是隐蔽的,因为它被认为是卑劣文化的表现,人们只有在违心的情况下,才敢去过这样的性生活。但在人类的原始时期,情况却大不一样。从文化研究者不辞辛苦搜集到的资料中,我们可以确切地知道,生殖器最初是生命的骄傲和希望,它具有神的尊严,并且将它的神性传给所有人类新学会的活动。通过对它本性的升华,产生了无数神的形象。当人们不再意识到官方的宗教和性活动之间存在某种联系的时候,狂热的宗教徒们则仍然竭尽全力,要将这种联系在那些新的宗教徒中保持下去。最终,随着文化的发展,许多神圣的东西从性这个概念中脱离出来,而剩余的部分则遭到了人们的鄙视。但是,精神的痕迹是不可磨灭的东西,因此人们并不感到奇怪:在现代仍然存在生殖器崇拜的最原始的情形,并且在当今人类的语言应用、习惯和迷信中都包含着这个发展过程中各个阶段的残余物。①

通过重要的生物学类比,我们发现,每个人的精神发展其实是以简化的方式在重复着人类发展的过程,同时,通过对儿童的心理分析,我们得出幼儿对生殖器的崇拜这一结论

---

① 参照克耐特的著作《有关普利亚普斯及其他崇拜的讨论》[Richard Payne Knight, *A Discussion of the Worship of Priapus*, *etc.* London, 1865;法文译本:*Le culte de Priape*, *etc.* Luxemburg, 1866; Brüssel, 1883(1786)]。——普利亚普斯系古希腊罗马神话中的繁殖神。——中译者注

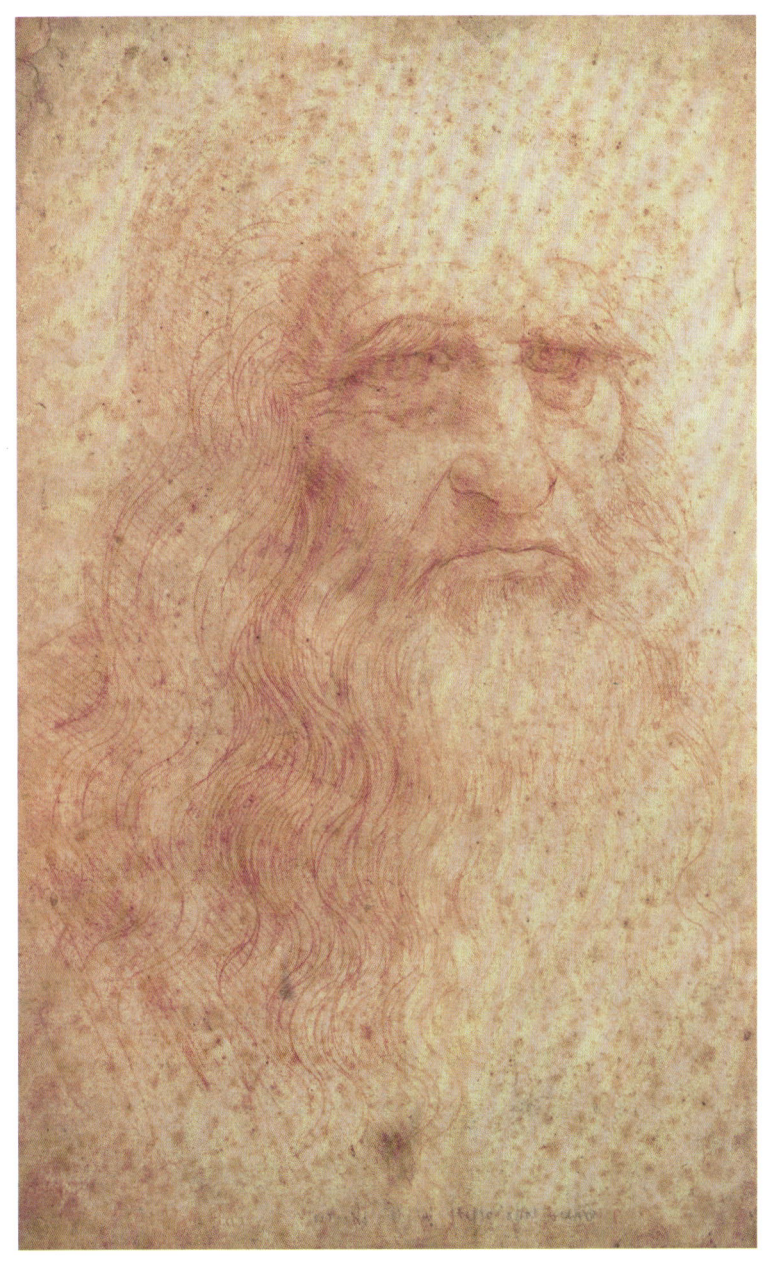

《长胡须的男人头像》(《自画像》?)。**Kopf eines bärtigen Mannes (sog. Selbstbildnis)**, um 1510-1515(?). Rötel, 333 × 214mm. Turin, Biblioteca Reale, Inv. 15571.

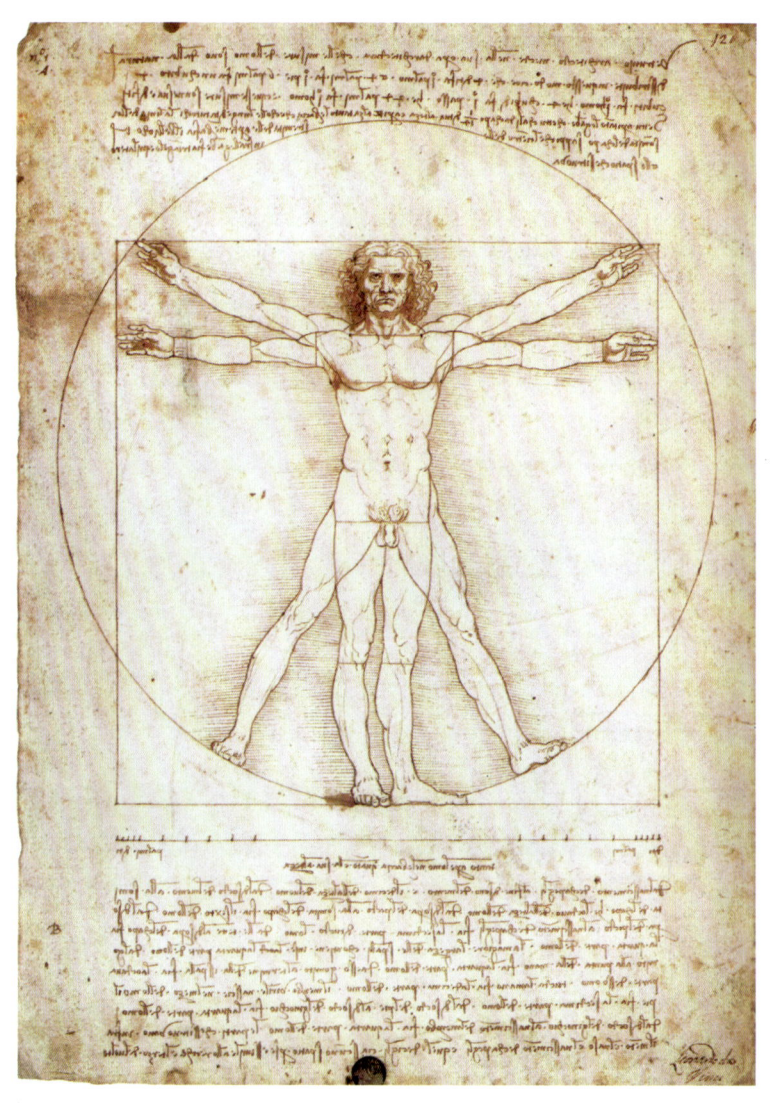

《维特鲁威人体比例研究素描》。**Proportionszeichnung nach Vitruv**, um 1490. Feder, Tinte und Tusche über Metallstift, 344×245mm. Venedig, Gallerie dell'Accademia, Inv. 228. 图中文字大意:"一座庙宇的各个部分应达到最大限度的和谐以及相对于整体的各个不同部分的匀称关系。进一步说,人体的中心部分自然是肚脐。因为如果一个人平躺下来时,将手臂和腿脚伸直,把两个圆规放在他的肚脐上,他两手的手指和两脚的脚趾正好处于由此画出的圆周上。而且,在人体可以画出一个圆形的同时,它也能画出一个方形。"

《安吉亚里骑兵战役素描草图》（一）。**Studie mit kämpfenden Reitern und Fußsoldaten**, 1503. Feder und Tinte, 160×152mm, Venedig, Gallerie dell'Accademia, Inv. 215.

《安吉亚里骑兵战役素描草图》（二）。**Studie mit kämpfenden Reitern und Fußsoldaten**, 1503. Feder und Tinte, 145×152mm, Venedig, Gallerie dell'Accademia, Inv. 215.

《安吉亚里骑兵战役素描草图》（三）。**Studie mit kämpfenden Reitern und Fußsoldaten**, 1503/04. Feder und Tinte, 86×122mm, London, British Museum, Inv. 1854-5-13-17.

《安吉亚里骑兵战役素描草图》（四）。**Pferdestudien**, um 1503/04. Schwarze Kreide- und Rötelspuren, Feder, Tinte und Lavierung, 196 × 308mm, Windsor Castle, Royal Library (RL12326r).

《记忆》。**Richordazione**,美国纽约保罗·卡斯敏画廊(Paul Kasmin Gallery)于 2005 年展出。艺术家沃尔顿·福特(Walton Ford, 1960-)根据本书第 2 章开头这样的描述绘画而成:"当我还躺在摇篮里时,一只秃鹫向我飞来,它用它的尾巴打开了我的嘴,并多次用它的尾巴撞击我的嘴唇。"

《蒙娜丽莎》。**Mona Lisa**, um 1506-06. Öl auf Holz, 770×530mm, Paris, Musée du Louvre. 弗洛伊德在本书中写道:"任何一个想起列奥纳多油画的人都会想到一个独特的、令人沉醉而又神秘的微笑,他将这一微笑魔术般地附在了他画中的女性形象的嘴唇上。这个微笑停留在了那既长又弯的嘴唇上,成了作者的艺术特征,并被特别命名为"列奥纳多式"(leonardesk)的。

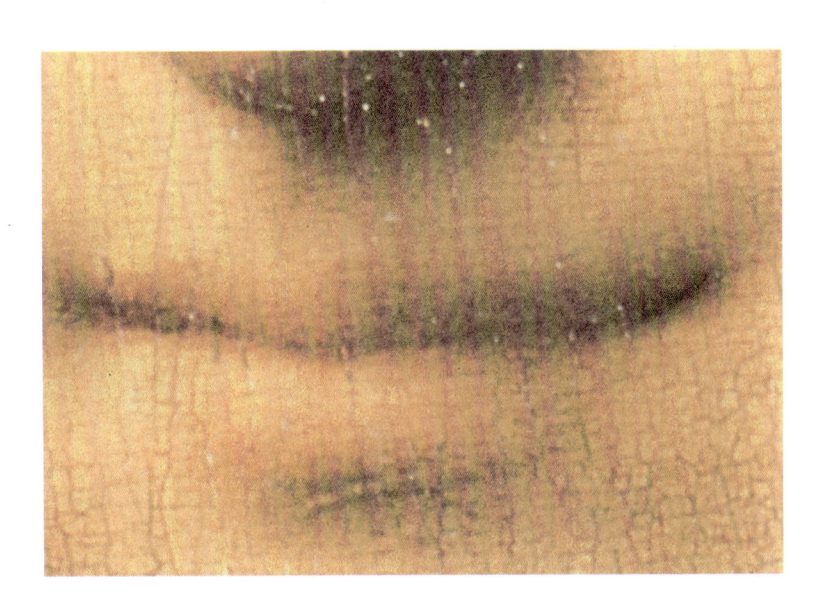

《蒙娜丽莎》(局部Ⅰ)

《蒙娜丽莎》（局部 II）

《圣安娜与圣母子》。左为临摹品：Werkstatt Leonardos (Gian Giacomo Caprotti da Oreno, genannt Salai?), **Kopie der Anna Selbdritt**, um 1514-1516?, Öl auf Holz, 104.8 × 75.6 mm, Florenz, Galleria degli Uffizi. 中为列奥纳多·达·芬奇原作：Leonardo da Vinci, **Anna Selbdritt**, um 1503-1519. Öl auf Pappelholz, 168.4 × 113cm. Paris, Musée du Louvre. 右为修复后的原作，Leonardo da Vinci, **Salvator Mundi**, Öl auf Holz, 65.6 × 45.4cm, Privatsammlung. ©2011 Salvator Mundi LLC. Photograph: Tim Nighswander/Imaging4Art.

《圣安娜与圣母子》。"奥斯卡·费斯特（Oskar Pfister）对卢浮宫内的这幅画有了一个重大的发现。尽管有人不愿意毫无保留地接受它，但无论如何他也无法否定自己对这一发现的兴趣。他在玛利亚奇特的、让人费解的衣服中发现了一只秃鹫的轮廓，并将它解释成一幅无意识的字谜画：在这幅表现画家母亲的画中，母亲的象征——秃鹫，清晰可辨。蓝色的衣料围在前面那个女人的臀部并顺着她的大腿和右膝盖伸展，这样，人们就能看见秃鹫那独具特色的头、它的脖子以及身体的弯曲部位。对于我的这个小小的发现，几乎没有一个观察家能够否认这是这幅字谜画的显著特征。（费斯特，1913年，第147页）。"

《圣安娜与圣母子》草图（一）。**Studie zur Anna Selbdritt**, um 1501-1510(?), Feder und Tinte über schwarzer Kreide, 120×100mm, Paris, Musée du Louvre, Cabinet des Dessins, R.F.460.

《圣安娜与圣母子》草图（二）。**Studie zur Anna Selbdritt**, um 1501-1510(?), Feder und Tinte über schwarzer Kreide, 121 × 100mm, Venedig, Gallerie dell'Accademia, Inv. 230.

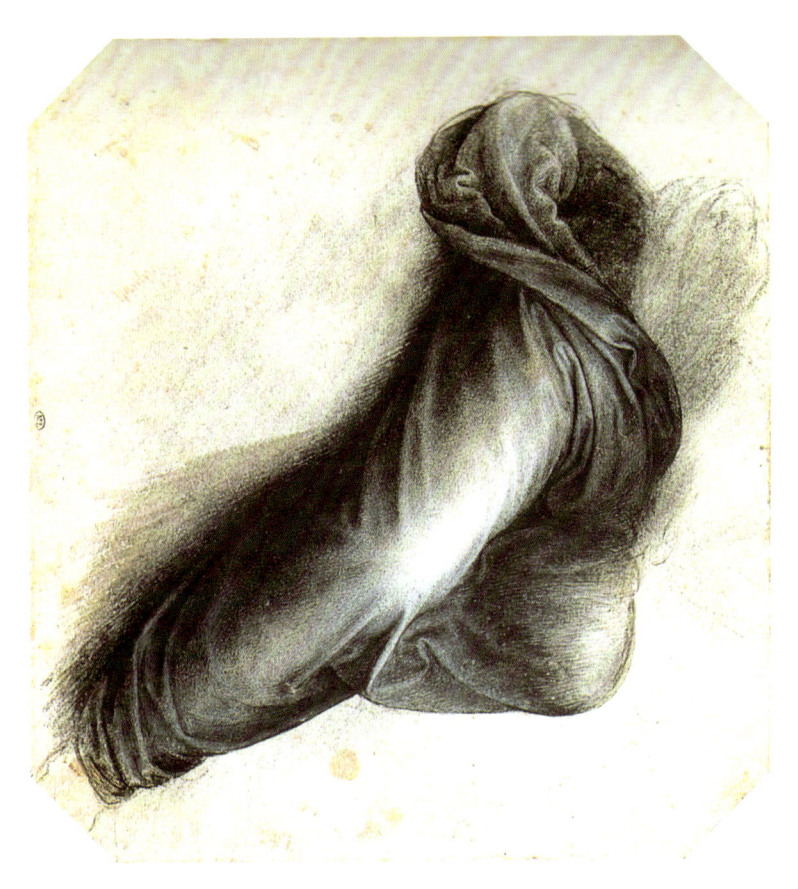

《圣安娜与圣母子》草图中"玛利亚的服饰"。**Gewandstudie für Maria**, um 1501 oder 1510/11(?), Schwarze Kreide, Pinsel, mit schwarzer Tusche laviert, Weißhöhungen, auf weißem Papier, 230 × 245mm, Paris, Musée du Louvre, Cabinet des Dessins, Inv. 2257.

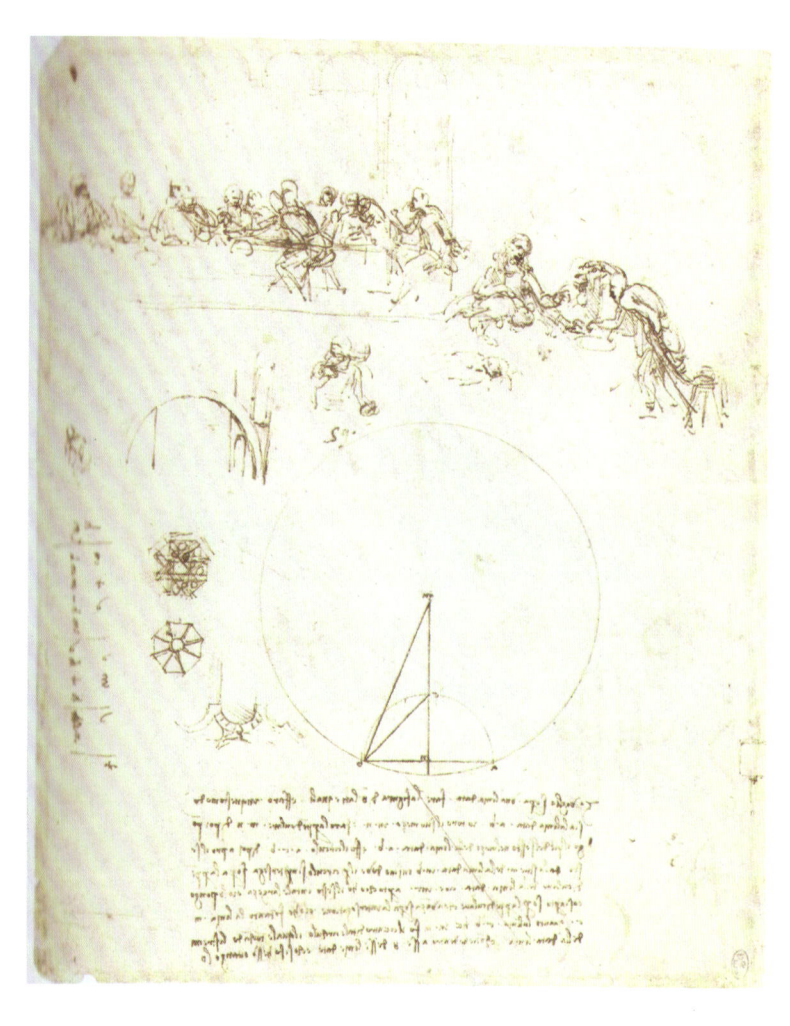

《最后的晚餐》设计草图。**Entwurfskizze zum Abendmahl**, um 1495, Feder und Tinte, 120 × 100mm, Windsor Castle, Royal Library (RL 12542r).

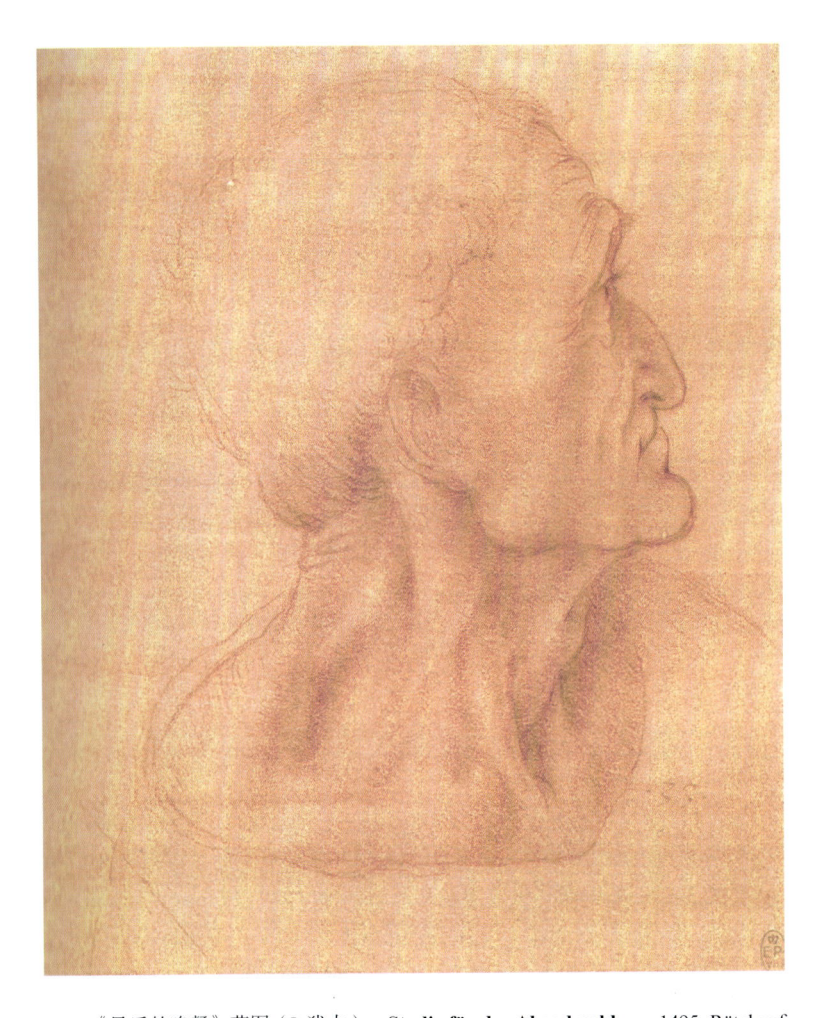

《最后的晚餐》草图（I. 犹大）。**Studie für das Abendmahl**, um 1495, Rötel auf rötlich präpariertem Papier, 185 × 150mm, Windsor Castle, Royal Library (RL 12542r).

《最后的晚餐》草图（II. 大雅各）。**Studie für das Abendmahl (Jacobus major) und Architekturskizzen**, um 1495, Rötel, Feder und Tinte, 252 × 172mm, Windsor Castle, Royal Library (RL 12552r).

《最后的晚餐》草图（III. 彼得）。**Studie für das Abendmahl (Petrus?)**, um 1495. Feder und Tinte, über Metallstift auf blau präpariertem Papier, 145 × 113mm, Wien, Graphische Sammlung Albertina, Inv. 17614.

《最后的晚餐》。**Das Abendmahl**, um 1495-1497. Tempera auf Putz, 460 × 880mm. Mailand, Santa Maria delle Grazie, Refektorium.

《跪着的丽达与天鹅》草图（一）。**Studie zu einer knienden Leda mit Schwan**, um 1505-1510. Feder und Tinte über schwarzer Kreide, 125 × 110mm, Rotterdam, Museum Boijmans van Beuningen, Inv. 446.

《跪着的丽达与天鹅》草图（二）。**Studie zu einer knienden Leda mit Schwan**, um 1505-1510. Feder und Tinte über schwarzer Kreide, 160×139mm, Chatsworth, Devonshire Collection, Inv. 717.

《丽达头像素描》草图（一）。**Kopf der Leda**, um 1505-1510. Feder und Tusche, 92 × 112mm, Windsor Castle, Royal Library (RL 12515r).

《丽达头像素描》草图（二）。**Kopf der Leda**, um 1505-1510. Feder und Tusche über schwarzer Kreide auf bräunlich präpariertem Papier, 93 × 104mm, Windsor Castle, Royal Library (RL 12517r).

《丽达头像素描》草图（三）。**Kopf der Leda**, um 1505-1510. Feder und Tusche über schwarzer Kreide auf bräunlich präpariertem Papier, 177 × 147mm, Windsor Castle, Royal Library (RL 12518r).

《丽达头像素描》草图（四）。**Kopf der Leda**, um 1505-1510. Feder und Tusche über schwarzer Kreide, 200 × 162mm, Windsor Castle, Royal Library (RL 12516r).

《施洗者约翰》。**Johannes der Täufer**, um 1513-1516(?). Öl auf Holz, 69 × 57cm. Paris, Musée du Louvre, Inv. 775 (MR318).

《酒神》。Werkstatt Leonardos(?), **Johannes der Täufer (mit Attributen des Bacchus)**, um 1513-1519(?). Öl auf Holz, auf Leinwand übertragen, 177 × 115cm. Paris, Musée du Louvre, Inv. 780.

1905年左右的弗洛伊德。西格蒙德·弗洛伊德（Sigmund Freud, 1856-1939），奥地利心理学家、精神分析学家，哲学家，犹太人。生于奥地利弗莱堡（今属捷克），后因躲避纳粹，迁居英国伦敦。精神分析学的创始人，著有《梦的解析》、《精神分析引论》、《图腾与禁忌》等，影响很大。被誉为"精神分析之父"，二十世纪最伟大的心理学家之一。

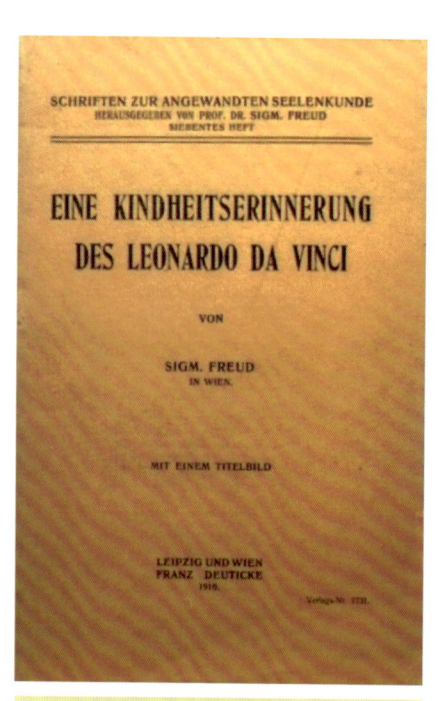

《达·芬奇童年的记忆》1910年德文版初版书影

《达·芬奇童年的记忆》1995年德文版单行本书影

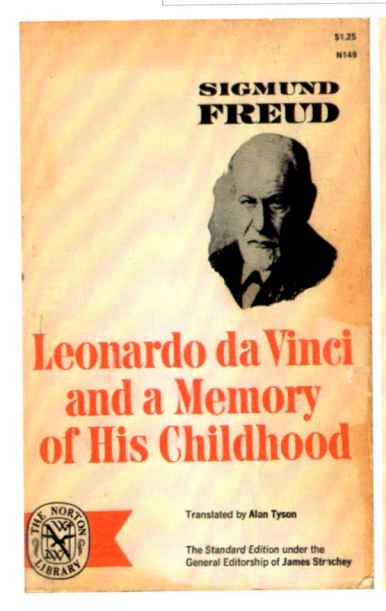

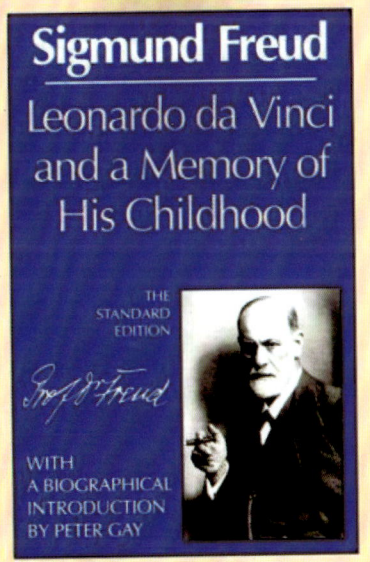

《达·芬奇童年的记忆》三种英文译本的书影、扉页

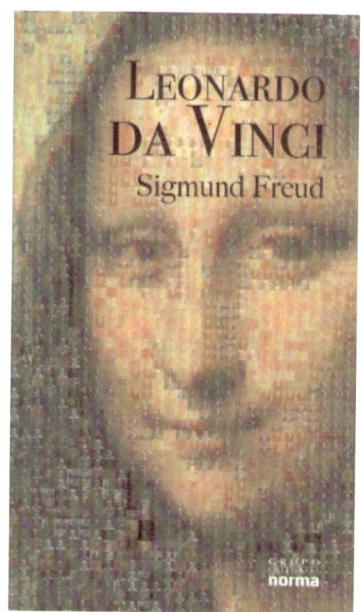

《达·芬奇童年的记忆》其他欧洲语言译本的书影。

第三章

也并不是不可能的。孩子关于母亲有阴茎的假设，就是两性同体的女神，例如埃及的穆特和列奥纳多童年幻想中的秃鹫的"尾巴"的共同来源。我们用医学意义上的词汇"两性人"（hermaphroditisch）来描述这些神，其实是一种误解。因为他们之中没有一个具有真正的两性生殖器，而只是在某些时候将其畸形地结合在一起，从而引起观看者的厌恶。他们只是在作为母亲标志的乳房上加上一个男性生殖器，就像儿童对于母亲身体的最初幻想那样。在神话中，母亲这种令人尊崇的、充满原始幻想的身体结构被保留了下来。关于在列奥纳多的幻想中，强调秃鹫的尾巴这一点，我们可以做如下的解释：当时，我温柔的好奇心是直接指向母亲的，我仍然相信，她有一个像我一样的生殖器。这是对列奥纳多的早期性研究的另一个特征，我们认为这对他以后的整个生活都有着决定性的影响。

我们稍加思索就应当明白，我们不能满足于对列奥纳多童年幻想中秃鹫尾巴的解释。它似乎还包含着更多的我们未理解的东西。这个幻想最明显的特征是把在母亲胸前吃奶变成了被母亲哺乳，换句话说，变成了被动的形式，即一种毋庸置疑的同性恋的情景。当我们想到，列奥纳多在他的一生中，言谈举止恰如一名精神上（升华了）的同性恋者，我们就面临着这样的一个问题：这个幻想能否揭示出列奥纳多的童年与其母亲的关系以及他后来显现出来的，即使只是精神上的同性恋之间的因果关系。如果我们在对同性恋患者的精神分析研究中，没有发现这种联系，并且事实上是一种密切的必要的联系，那么我们就不应该轻率地得出在列奥纳多被曲解的记忆（entstellte Reminiszenz）中存在这种联系。

在我们这个时代，男同性恋者强烈地反对限制他们性行为的法律，他们愿意通过他们的理论代言人，描述他们从一开始就是一种特殊的性类型，是一种被称作是"第三性"（drittes Geschlecht）的中间的性阶层。他们宣称，他们的器官决定了他们只能从他们的同类身上，而无法在女人身上获得快乐。虽然出于人性的考虑，我们很愿意赞同他们的要求，但我们还是对他们的理论持保留意见，因为他们提出的理论没有考虑到同性恋的心理起源（psychische Genese）。精神分析给填补这个空白和检验同性恋者的宣言提供了方法。这项工作起初只在少数人身上获得了成功，但迄今为止所有的研究都取得了同样耐人寻味的结果。[①] 在我们调查的所有男性同性恋者中，在其童年早期，都对一个女人——通常是他的母亲——有着一种非常强烈的性依恋，虽然这种经历后来被忘却了，但是这种依恋在童年时期被母亲太多的温柔所唤起或受到鼓励，后来又随着父亲在其童年生活中的隐退而得到了加强。塞德格尔（Sadger）强调指出，同性恋患者的母亲通常都是男性化的女人，她们具有鲜明的性格特征，能够替代父亲的地位。我偶尔也见到过这种情况，但另一种情况给我的印象却更深刻：父亲一开始就不在，或者很早就离开了，

---

① 这主要是塞德格尔（I. Sadger）的研究，依个人的经验，我完全能够证明这一研究结果。此外，我也知道，维也纳的施特克尔（W. Stekel）和布达佩斯的费伦茨（S. Ferenczi）也得出了同样的结果。

以至于这个小男孩完全置于女性的影响之下。事实上，一个健壮的父亲的存在确实能为儿子在选择性对象时做出正确决定提供保证。①

这种早期阶段结束后，就发生了转变，虽然我们了解这一过程，但对产生这种过程的动力还不是很清楚。孩子对母亲的爱由于受到了压制而不能像其他意识那样继续向前发展。于是这个男孩子压抑了他对母亲的爱，把自己放在母亲的位置上，把自己等同于母亲，他以自己为榜样，选择与自己相像的人作为自己新的爱慕对象。就这样，他变成了一个同性恋者。实际上他只是回到了自恋（Autoerotismus）的状态，因为这个长大了的男人所爱恋的那些男孩只是他自己童年形象的替代和更新而已。他是如此地热爱他们，就像当年他的母亲爱他那样。我们说，他通过自恋（Narziβmus）的方式找到了自己所爱的对象，因为在希腊的传说中，有一位叫作纳喀索斯（Narzissus）

---

① ［1919年新增注释］精神分析的研究得出两个不容置疑的事实，它有助于帮助我们理解同性恋，而不用挖空心思地去探究这种性变态的原因。第一个事实是前面提到的对母亲的执着的爱的需求；另一个事实则表明了下面这种观点：每个人，甚至是正常人，都有能力选择自己的同性恋的对象，有时他在生活中就这样做了，有时他只是在潜意识中保留了这个选择，或者用强烈的反对态度来防止它的发生。这两个发现不仅否定了将同性恋看作是"第三性"的要求，同时也否定了先天性同性恋和后天性同性恋之间的重要区别。第三性身体特征（两性同体）的存在有助于同性恋的对象选择，但这并不起决定性的作用。我们不得不遗憾地说，那些同性恋的代表们不懂得从已经确认的精神分析研究的结果中学到任何科学的东西。

的少年①，他除了自己的镜中像之外，不喜欢任何东西，后来他变成了以他的名字命名的一束美丽的水仙花。②

深层的心理学思考证明以下这个判断是正确的，即通过这种方式成为同性恋者的男人，在无意识中保留了记忆中母亲的形象。由于压抑，他把对母亲的爱保留在潜意识之中，并从此保持着对她的忠贞。他似乎在追求男孩子，想成为他们的情人，但实际上他只是想借用这种方式来逃避其他的女人罢了，因为这些女人有可能会诱发他对母亲的不忠。我们通过对单个人的直接观察发现，那种看起来只能感受男性魅力的人，事实上会像其他正常的男人一样，被女人所吸引。但他每一次都把从女人身上得到的刺激迅速地转移到男性身上，他一次又一次地重复着这个过程，并通过这个过程学会了同性恋。

我们绝不是想夸大这些对同性恋心理起源的解释的重要性。很显然，它们与同性恋的代言人所持的理论是相互矛盾的。但我们知道，它们还不足以对问题做出最终的解释。从实际的原因来看，人们所说的同性恋或许是由各种各样的性心理压抑过

---

① 纳喀索斯是希腊神话中的美少年，因爱恋自己在水中的影子，最终憔悴致死，据说死后他化作了水仙花。因此在德语中 Narziß（英文：Narcissus）有"自我陶醉的人""自恋者"的含义；Narzisse（英文：narcissus）表示水仙花；而 Narzißmus（英文：narcissim）则表示"自我陶醉""自恋"。——中译者注

② 弗洛伊德首次提到自恋这个概念是在写这篇文章的两个月前发表的《性学三论》（*Drei Abhandlungen zur Sexualtheorie*, Wien, 1905b, in: *Ges. Werke*, Bd. V, S. 29; Studienausgabe, Bd. V）中，见第一章第一段即将结束前所做的注释。详细的论述见《自恋导论》（*Zur Einführung des Narzißmus*, 1914c, in: *Ges. Werke*, Bd. X, S. 130ff; Studienausgabe, Bd. III）。

第三章

程引起的，我们认识的过程也许只是其中的一种，只涉及一种类型的"同性恋"。我们也必须承认，我们所选择的这类同性恋例子能够证明我们所需要的条件，并且在数量上大大超过了那些已经得出结论的同性恋病例。所以，我们也不能否认那些尚未明了的体质因素的作用，因为人们习惯于将所有的同性恋现象都归结于这些因素。从列奥纳多的秃鹫幻想出发，我们坚定地认为，他就属于这一类型的同性恋，否则，我们就没有任何理由来探讨我们所研究的同性恋患者的心理发展过程。[1]

有关这位大艺术家和研究者更为详尽的性行为，我们所知甚少，但我们可以确信，他的同时代人对他的看法不会有重大的错误。据说，他是一个性要求和性活动异常衰退的人，仿佛有一种更高的追求使他超越了人类普通的生理性需求。我们甚至怀疑他是否通过某种途径追求过直接的性满足，或者他已经全然放弃了这种要求。但我们仍然有权利在他身上寻找那种情感趋势，正是在它的驱使之下，其他男人才急切地进行着性行为活动，因为我们不能想象：在人的精神生活中，广泛意义上的性欲望（即力比多）没有一席之地，即使这种欲望偏离了

---

[1] 弗洛伊德在《性学三论》的开头几章，特别是在（1910年和1920年间增加的）很长的注释中，对同性恋及其起源做了更为全面的探讨。以后，有关这一论题的讨论主要见弗洛伊德有关一位女同性恋者的描述"关于一位女同性恋者的心理起源"（über die Psychogenese eines Falles von weiblicher Homosexualität, in: Ges. Werke, Bd. XII, S. 29; Studienausgabe, Bd. VII.）以及论文《嫉妒、偏执狂和同性恋的神经官能症机制》（Über einige neurotische Mechanismen bei Eifersucht, Paranoia und Homosexualität, in: Ges. Werke, Bd. XIII, S. 13ff; Studienausgabe, Bd. VII）。

它本来的目的或者并没有付诸实践。

我们不希望在列奥纳多身上找到任何不同于正常的性取向的迹象。然而这些迹象表明,他是一个同性恋者。值得注意的是,他只接受那些长得十分漂亮的男孩子或青年做他的学生。他对他们仁慈又宽容,当他们生病的时候,他像母亲照顾自己的孩子那样亲自护理他们,正如他的母亲曾经照料他那样。他选择他们是因为他们的美貌,而并不是因为他们的才能,所以他们——恺撒·达·赛斯托(Cesare da Sesto)、鲍特拉菲欧(G. Boltraffio)、安德烈·撒拉诺(Andrea Salaino)、弗朗西斯科·麦尔兹(Francesco Melzi)等都没有成为有名的画家。他们都不能独立于他们的导师,老师死后,他们就消失了,并没有在艺术史上留下任何特定的记号。而另外一些人,则由于他们的创作而被称之为列奥纳多的弟子,如陆尼(Luini)和巴兹〔Bazzi,又称索多玛(Sodoma)〕,不过列奥纳多本人可能并不认识他们。

我们知道,我们必然会遭到这样的反对意见,即列奥纳多对他学生的行为与他的性动机没有任何关联,不能从中得出他具有特殊性倾向的结论。对此,我们小心地提出如下的理由:我们的观点解释了艺术家的行为中某些特殊的地方,否则的话,它们将永远都是个谜。列奥纳多习惯于写日记,用的是只有他自己明白的、从右到左的、很小的手写体。奇怪的是,他在日记中使用的是第二人称"你":"你到卢卡(Luca)师傅那里去学习根的乘法"。①

---

① 参照上揭索尔密(Solmi, *Leonardo da Vinci*, übers. v. E. Hirschberg, Berlin. S. 152)。

第三章

"让达巴库（d'Abacco）师傅给你看看圆是怎样变成方的！"① 或者是因为要去做一次旅行②："我要去米兰处理一些与我的花园有关的事情……你带上两件行李。关于车床的事你去请教鲍特拉菲欧，并请他将一块宝石加工好。——把这本书给安德烈·伊尔·托德斯柯（Andrea il Todesco）。"③ 或者是要下一个具有非常意义的决心："你必须在你的论文中阐述地球是一颗星星，就像月亮或是某些类似的东西那样，由此来证明我们这个世界的高贵。"④

另外，就像其他普通人的日记那样，他在日记中对当天重要的事情通常只用几个字一带而过，或者对这些事只字不提。有些账目，则很奇怪，所有列奥纳多的传记作者们都引用过这些账目。这些账目记述的是艺术家所花费的一笔笔数目很小的钱，巨细必究，就像是一位迂腐而又吝啬的管家所记的那样。同时，在日记中也没有大笔花费的记录，也没有迹象可以表明，这位艺术家精于家政。其中有一项记录涉及他给他的学生

---

① 参照上揭索尔密（Solmi, *Leonardo da Vinci*, übers. v. E. Hirschberg, Berlin. S. 152）。
② 参照上揭索尔密（Solmi, *Leonardo da Vinci*, übers. v. E. Hirschberg, Berlin. S. 152）。
③ 列奥纳多在这里的行为很像那些习惯于每天向另一个人忏悔的人，只是眼下日记代替了这个另外的人。关于这个人到底是谁的推测见梅列日科夫斯基的著作［《列奥纳多·达·芬奇：15世纪转折时期的一部传记小说》（*Leonardo da Vinci: Ein biographischer Roman aus der Wende des XV. Jahrhunderts*, Leipzig, 1903, S. 367）］。
④ 见前揭赫茨菲尔德（1906, S. CXLI）。

安德烈·萨拉买的一件新外套：①

银丝锦缎	1 里拉（Lire）	4 索多（Soldi）
镶边用的红丝绒	9 里拉	
线	里拉	9 索多
纽扣	里拉	12 索多

  另一项非常详细的记录是他为另一个学生②的不良品质和偷盗嗜好而支付的全部费用："1490 年 4 月 21 日，我开始写这本书并重塑马的雕像。③ 1490 年的圣玛利亚从良节（Magdalenentag），雅克莫（Jacomo）到我这里来，他当时只有 10 岁（边注：偷窃、说谎、自私、贪婪）。第二天，我请人给他裁减了两件衬衣，一条裤子和一件短上衣。当我准备用我积攒的钱，为上面所列举的这些东西付款时，他把钱从我的钱包里偷走了。虽然我完全可以肯定是他干的，但他永远都不可能承认（边注：4 里拉……）。"他就是这样记录着这个孩子的不良行为，并在结束时写上费用账目："第一年，1 件外套，2 里拉；6 件衬衣，4 里拉；3 件短上衣，6 里拉；4 双袜子，7 里拉；等等。"④

  给列奥纳多写传记的作家们并不是想通过他这些细微的

---

① 这段文字出自梅列日科夫斯基的著作（1903c，S. 282）。
② 或是他的模特。
③ 这里所提到的乃是为斯弗尔兹（Francesco Sforza）所塑的骑士像。
④ 整段文字见前揭赫茨菲尔德的著作（1906，S. XLV）。

第三章

弱点和个性，去解开这位英雄人物的内心生活之谜，他们对这些奇怪的账目进行分析，目的只是为了强调艺术家对他学生的慈爱和关怀。他们忘记了需要解释的不是列奥纳多的行为，而是他留下了这些行为的证据这一事实。因为我们不可能相信，他这样做的动机是为了让那些表明他善良本性的证据落到我们的手中，我们必须设想还有另一个感情的动机促使他写下了这些笔记。如果我们没有在列奥纳多的记录中发现另一笔账目，那么我们就很难猜出这种动机是什么。通过这笔账目，我们明白了列奥纳多关于学生衣服的琐碎记录的意义。

卡特琳娜死后的葬礼费用	27 弗洛林
2 磅蜡	18 弗洛林
运输和竖立十字架	12 弗洛林
灵车	4 弗洛林
运尸人	8 弗洛林
付给4个神父和4位神职人员的费用	20 弗洛林
敲钟	2 弗洛林
掘墓人	16 弗洛林
许可证——给官方的	1 弗洛林
	共计：108 弗洛林
先前的费用	
付给医生	4 弗洛林
糖和蜡烛	12 弗洛林
	共计：16 弗洛林

全部费用：124 弗洛林。①

作家梅列日科夫斯基是唯一一位能够告诉我们卡特琳娜是谁的人。他从列奥纳多另外两段简短的笔记中推断出她是列奥纳多的母亲——一位来自芬奇地区的贫穷的农村妇女。1493年，她到米兰来看她的儿子。那年，列奥纳多41岁。卡特琳娜在那里得了病，列奥纳多把她送进了医院，她死时，列奥纳多用如此铺张扬厉的葬礼表达了对母亲的敬仰之情。②

这位深谙心灵的小说家的解释虽然未得到证实，但它所具有的诸多内在可能性，与我们从其他方面了解到的列奥纳多的情感活动是相一致的，所以，我禁不住要把它当成正确的事物

---

① 前揭梅列日科夫斯基（1903, S. 372）——有关列奥纳多私生活的报道原本就不多，而且也不确切，对此我可以提出一个令人感到头疼的证据，那就是这些账目同样被索尔密（见 Solmi 的德译本，1908，第104页）引用过，却做了相当大的改动。最靠不住的地方是他用索多（Soldi）代替了弗洛林（Florins）。人们可以认为，这个弗洛林不是旧时的"金古尔登"（Goldgulden），而是后来被使用的货币单位，相当于 1$\frac{2}{3}$ 里拉或 33$\frac{1}{3}$ 索多。索尔密将卡特琳娜看成一位能在特定的时间内主持料理列奥纳多家务的佣人。至于账目的这两种不同描述，究竟从何而来，我却不得而知。弗洛伊德在自己不同版本的著作中也对这些数据进行了更改。灵车的费用在1910年的版本中是"12"，在1919年与1923年的版本中是"19"，1925年以后的版本则是"4"。1925年以前，运输和竖立十字架的费用是"4"。较新的意大利语（和英语）的版本见理希德的著作（1939，第二卷，第379页）。

② "卡特琳娜于1493年7月16日到达米兰"——"长着童话般美丽脸蛋的吉凡妮娜（Giovannina）到医院看望了卡特琳娜"。事实上，梅列日科夫斯基译错了第2条注释。它应当翻译成："长着童话般美丽脸蛋的吉凡妮娜在圣·卡特琳娜（Santa Caterina）医院停留了一会儿……"

来接受。他让自己的感情屈服于研究之下，并且抑制这种感情的自由表达。但即便如此，被压抑的情感也有需要表达的时候，他对自己所挚爱的母亲的死所表现出来的感情就属于这种情况。账目中葬礼的费用在我们看来就是怀念母亲的一种表达方式，尽管这种表达方式被歪曲得让人无法辨认了。我们不清楚这种歪曲是如何产生的，但如果我们把它看作正常的精神过程，那我们就无法理解它。相反，在病态的神经官能症，特别是所谓的强迫神经官能症（Zwangsneurose）的情形中，类似的过程我们却很熟悉。在那里我们可以看到，强烈的感情由于受到压抑变成了潜意识，并转移到了细微的甚至是愚蠢的行动中去了。就这样，反抗的力量成功地降低了这些受压抑的感情的表达，以至于人们认为这些感情的强度是极其微不足道的。在巨大的精神压力下，这种细小的行为表达方式说明：真正的、植根于潜意识中的感情冲动的力量想要否认这种意识的觉醒。我们只有和这种强迫性神经官能症的情况做类似的比较，才能够解释列奥纳多为他母亲的葬礼花费所做的账目。在他的潜意识中，他仍然和童年时代那样，对母亲怀着带有性色彩的感情，并通过这种感情，和母亲联系在一起。但是，后来出现的对童年时代的爱的压抑，却不允许他在自己的日记中为她树立另外一座更伟大的丰碑。这种神经性冲突的结果是：他不得不做出让步。就这样，他在日记中写入了账目，变成了后人难以理解的东西。

如果我们把对葬礼账单的了解类推到列奥纳多为学生的花费所做的账单上，似乎并不为过。它们同样是列奥纳多力比多感情冲动所积累下来的残余物，以被歪曲的和被压抑的方式寻求释放的例子。他的母亲和他的学生,以及和他一样英俊的男孩子便成了他的性对象——这就是他性压抑本能的特征。他过分详细地记录他花在他们身上的费用,这种奇特的方式暴露了他内心的冲突。这一点表明,列奥纳多的性生活确实是属于同性恋的类型,而我们能够揭示这类人的精神发展。这样,我们就不难理解他的秃鹫幻想中的同性恋情景了。因为它表明的内涵和我们对这类人的判断毫无区别。我们可以这样来解释它:由于我和母亲间有这种性关系,因此我变成了一个同性恋者。①

---

① 通过这些表达方式,列奥纳多受压抑的力比多被释放了出来。事无巨细以及对金钱的关注,这些都是源于肛欲引发的性格特征。参照《性格和肛欲》(*Charakter und Analerotik*, in: *Ges. Werke*, Bd. VII, S. 203; Studienausgabe, Bd. VII)。

第四章

列奥纳多关于秃鹫的幻想还困扰着我们。他用太直率的、使人想起性行为描写的语言（"它一次次地用尾巴撞击[①]我的嘴唇"）强调了母子之间性关系的强烈程度。从母亲（秃鹫）的行为与突出的嘴的部分的联系中，我们不难猜测到这个幻想中还包含着第二个记忆的内容。我们可以这样来解释它：母亲无数次地将热烈的吻印在我的嘴上。这个幻想是由被母亲哺乳和被母亲亲吻的记忆而构成的。

艺术家被赋予了这样一种善良的本性：他能够通过自己创造的作品来表达其最隐秘的甚至不为自己所知的心理冲动。这些作品深深打动着对艺术家完全陌生的人们，但他们并不清楚这种感动从何而来。难道在列奥纳多一生中就没有哪一件作品能够证明他记忆中保持的正是他童年时代最强烈的印象吗？人们当然希望能在他的作品中发现某些东西。但是，如果人们考虑到，只有那种深刻的变化，才能够使艺术家生

---

① 见第 24 页注释①。

活中的印象有助于他艺术作品的创作,那么人们一定会降低要在列奥纳多身上发现这种证据的要求。

任何一个想起列奥纳多油画的人都会想到一个独特的、令人沉醉而又神秘的微笑,他将这一微笑魔术般地附在了他画中女性形象的嘴唇上。这个微笑停留在了那既长又弯的嘴唇上,成了作者的艺术特征,并被特别命名为"列奥纳多式"(leonardesk)的。[①] 佛罗伦萨人蒙娜丽莎·德尔·吉奥孔多(Monna Lisa del Giocondo)奇特而又美丽非凡的面孔震撼了所有参观者,并使他们陷入迷惑之中。[②] 这个微笑需要解释,它也确实得到了各种各样的解释,但是没有一个能使人感到满意。"经历了几乎四个世纪的时光,蒙娜丽莎依然让那些曾久久凝视过她的人谈论着,甚至对她失魂落魄。就让这成为不解之谜吧!"[③]

穆特尔(Muther)[④] 写道:"对观众特别有吸引力的是这个微笑的魔鬼般的魅力。数以百计的诗人和作家描绘过这个女人,说她刚刚还那么富有诱惑力地冲着我们微笑,但马上就冷冰冰的、失魂落魄地凝视着远方。没有一个人能够解开这个谜一般的微笑,

---

① [1919年新增注释] 在这里艺术鉴赏家会想起希腊上古雕塑作品中人物特有的、凝固的微笑,如爱吉娜(Aegineten)的雕像那样。除此之外,人们或许还会在列奥纳多的老师委罗基奥(Verrochio)的作品中发现某些类似的东西,这使得他们对后来的详尽解释颇具疑虑。
② 见《蒙娜丽莎》一图。
③ 格鲁耶(Gruyer),转译自塞德立茨(v. Seidlitz, 1909, 第2卷,第280页)。——原文系法文,现依据德文译本译出。——中译者注
④ 《绘画史》(Geschichte der Malerei, 3 Bde., Leipzig, 1909. Bd. I, S. 314)。

没有人能够读懂她思想的内涵。所有的一切,甚至风景,都神秘得如同梦境一般,似乎都在一种近乎淫荡的肉欲中震颤。"

许多批评家都猜测,在蒙娜丽莎的微笑中包含着两种不同的要素。他们发现,在这位美丽的佛罗伦萨女人身上,完美地体现了控制着女性性生活的矛盾:矜持和诱惑,真挚的柔情和无所顾忌的、想把男人作为异己来消灭的情欲。为此,明茨认为①:"蒙娜丽莎·吉奥孔多在近四个世纪的时光里,对所有众星拱月般站在她面前的叫好者来说,一直是一个对人诱惑不已的不解之谜。没有哪一位艺术家[我借用一位笔名为皮埃尔·德·考雷(Pierre de Corlay)的很是机灵的作家的话]如此完美地表现过女人的本质:情意绵绵与曲意逢迎,容止端详与秘而不宣的感官快乐,孤寂的心灵和思忖的头脑,一种自持的、只流露欢欣情绪的性格。"意大利作家安格罗·孔蒂(Angelo Conti)②看到,卢浮宫里的这幅画在一束阳光的照射下,更是充满着生机,他说:"在神圣的宁静之中,这位夫人微笑着。善良的征服欲、邪恶的本能、女性整体的遗传、诱惑别人的能力、欺骗的魅力以及隐藏着残酷的仁慈,所有这些都隐现于微笑的面纱背后,隐藏在她诗一般的微笑之中……善良的和邪恶的,残忍的和慈悲的,美好的和诡谲的,她笑着……"

列奥纳多在这幅画上花了四年的工夫,大约从 1503 年到 1507 年,那是他第二次在佛罗伦萨逗留期间,当时他已经五

---

① 《绘画史》(*Geschichte der Malerei*, 3 Bde., Leipzig, 1909. Bd. I, S. 417)。

② "Leonardo pittore", in: *Conferenze Fiorentine*, Mailand, 1910, l. c., S. 93——原文系法文,现依据德文译本译出。——中译者注

十多岁了。按照瓦萨利的说法，列奥纳多用他那精心设计的方式，使这位夫人能够身心愉快地坐着，脸上保持着那个著名的微笑。他当时用画笔在画布上绘制的所有细腻之处，在今天的这幅画中，几乎全都荡然无存了。当它还在绘制过程中时，就被认为达到了艺术的登峰造极之境。但是，列奥纳多对自己的作品并不满意，这点是肯定的。他没有把它交给订货人，声称它尚未完成，而后将之随身带往了法国。在那里，他的保护人弗朗茨一世从他那儿得到了这幅传世之作，并将它送入卢浮宫。

我们先不去解开蒙娜丽莎的容貌之谜，而是来关注一下这样一个不容置疑的事实：她的微笑对艺术家所产生的吸引力，跟四百年来她的参观者一样强大。这个迷人的微笑，从那时起不仅出现在列奥纳多所有的作品集中，并且还反复出现在他学生的画作中。由于列奥纳多的蒙娜丽莎是一幅肖像，因此我们不认为，他会出于自身的原因而在她的脸上加上这样一个富于表情的特征，而并非她自身所具有的特征。看来，我们不得不相信：他在他的模特儿脸上发现了这个微笑，并深深地为之倾倒，因此，从那时起，他就根据自己的幻想对这个微笑进行了自由创造。比如说，康斯坦丁诺娃（A. Konstantinowa）[1] 就曾发表了和这一观点相类似的看法：

在艺术家为蒙娜丽莎·德尔·吉奥孔多画肖像这段相当

---

[1] 《列奥纳多·达·芬奇圣母类型的发展》（*Die Entwicklung des Madonnentypus bei Leonardo da Vinci*, Straßburg, 1907, in: *Zur Kunstgeschichte des Auslandes*, Heft 54）。

第四章

长的时间内,他仔细观察了这位夫人脸部的细微特征,并把这些特征,尤其是那神秘的微笑和奇怪的目光,移植到了他以后所有的绘画和肖像人物的脸上。吉奥孔多独特的面部表情还可见于卢浮宫内一幅名为《施洗者约翰》(*Johannes des Täufers*)的画中;尤其在《圣安娜与圣母子》(*Heilige Anna Selbstdritt*①)这幅画中,玛利亚的面部表情更是如此。

还有另一种情况。不止一个列奥纳多的传记作家认为,有必要寻找吉奥孔多的微笑魅力后面更深层次的原因,因为这个微笑是如此让艺术家萦回梦绕,以至于艺术家一生都无法摆脱。佩特(W. Pater)在蒙娜丽莎这幅画中看到了"人类文化中所有爱情经验的体现"②,它如此细腻地③处理了这个"在列奥纳多的作品中始终略带邪恶的、深不可测的微笑"。他说了下面一段话,为我们引出了另一条线索:④

另外,这是一幅肖像画。我们可以看到,这个形象从列奥纳多童年时代起,就已经在他的梦中出现了。如果没有确凿的反对证据,那么我们相信,这就是他最终找到并

---

① 德文原意为:"圣安娜三人在一起"。——中译者注
② 《文艺复兴的历史研究》(英文版:*Studies in the History of the Renaissance*, London, 1873;德文版:*Die Renaissance*. 2, Aufl., Leipzig, 1906, S. 157)。
③ 《文艺复兴的历史研究》(英文版:*Studies in the History of the Renaissance*, London, 1873;德文版:*Die Renaissance*. 2, Aufl., Leipzig, 1906, S. 117)。
④ 佩特,版本同上,1906,第157页(译自英文)。

表现出来的理想的女性形象……

赫茨菲尔德（M. Herzfeld）也有类似的看法。她认为，列奥纳多在蒙娜丽莎身上找到了自我，所以，他才能够把自己的诸多天性融入这幅肖像中，"画中蒙娜丽莎的特征唤起了列奥纳多心中谜一般的情愫"。①

我们试着来解释这些观点。列奥纳多很可能是被蒙娜丽莎的微笑迷住了，因为这个微笑唤醒了他心中长久以来沉睡着的东西——很可能是往日的一个记忆。这个记忆一经再现，就不能再被忘却，因为它对他来说实在是太重要了。他必须不断地赋予它新的表现方式。佩特确信，我们在列奥纳多童年时代的梦中，就可以清晰地看到像蒙娜丽莎那样的脸，这个观点看起来是令人信服的，也是可以理解的。

瓦萨利提到，"笑着的女人头"（teste di femmine, che ridono）②是列奥纳多首要的艺术追求。因为这段话并不想证明什么，所以它是无须怀疑的。这一点，在德语译文中有更具体的说明③：

他在年轻的时候，用泥捏了一些笑着的女人头像，后来又复制成石膏模型。有些小孩的头像是如此漂亮，好像

---

① 赫茨菲尔德（1906，第 LXXXVIII 页）。
② 转引自斯考克那米克立欧（1900，第 32 页）。——原文系意大利语，现依据德文译本译出。——中译者注
③ 绍恩译《最著名的画家、雕塑家和建筑师的生平》（*Leben der ausgezeichneten Maler, Bildhauer und Baumeister*, übersetzt v. L. Schorn, Bd. 3, Stuttgart, 1843, S. 6）。

第四章

出自艺术大师之手……"

由此我们知道,列奥纳多的艺术实践源于他对两种对象的塑造。这使我们不得不想起,我们从他的秃鹫幻想的分析中推断出来的两类性对象。如果说,漂亮孩子的头像是他自己童年形象的再现,那么,微笑的女人就是他的母亲卡特琳娜的复制。由此我们猜测,他的母亲有可能拥有这种神秘的微笑,他曾经遗忘了这种微笑,当他在这位佛罗伦萨的夫人脸上重新发现它时,他被深深地迷住了。[①]

在列奥纳多的绘画作品中,创作时间和《蒙娜丽莎》最为接近的是那幅名为《圣安娜与圣母子》的油画,画面上有圣安娜、玛利亚和耶稣三个人。列奥纳多式的微笑以最美的方式展现在画中两个女人的面庞上。我们无法知道,列奥纳多是在创作《蒙娜丽莎》之前或之后多久才开始画这幅画。因为这两幅作品的创作都持续了几年的时间,或许我们可以认为,艺术家是同时进行这两幅作品的创作的。如果正是由于蒙娜丽莎的特征完全占据了列奥纳多的身心,才促使他从自己的幻想中创造出圣安娜这个形象,那么这样的结果就和我们的设想完全一致了。因为,如果吉奥孔多的微笑唤起了他对母亲的记忆,那么我们就很容易理解,这个微笑怎样促使他去创作,以表达对母亲的赞美,并把他在这位贵夫人脸上看到的微笑,还原到母亲的身上。

[①] 梅列日科夫斯基做出了类似的假设。然而,他所勾画的列奥纳多的童年历史和我们从秃鹫幻想中得出的结论是不同的。如果像梅列日科夫斯基所设想的那样,列奥纳多表现的是自己的微笑,那么传说是不会忽略向我们介绍这种巧合的。

因此，我们可以通过蒙娜丽莎的肖像，将我们的兴趣转移到另一幅画上来，这幅画同样漂亮，现在也悬挂在卢浮宫内。

圣安娜和她的女儿及外孙是意大利绘画作品中很少表现的主题。列奥纳多的表现方式不同于其他所有已知的形式。穆特尔认为：[①]

> 一些艺术家，如汉斯·弗里斯（Hans Fries）、老赫尔本（Holbein）和吉罗拉莫·戴伊·利波利（Girolamo dai Libri），他们让安娜坐在玛利亚旁边，把孩子放在他们中间。而另外一些艺术家，像雅各布·康奈立茨（Jakob Cornelisz）在柏林的画中所表现的那样，是真正意义上的"圣安娜三人在一起"，也就是说，他们让圣安娜抱着形象娇小的玛利亚，在玛利亚的身旁则坐着更小的耶稣圣婴。

在列奥纳多的画中，玛利亚坐在她母亲的膝头，身体向前倾斜着，两臂伸向男孩，男孩正在玩一只羔羊，对它似乎有点不友善。外祖母将一只裸露的胳膊插在腰间，面带幸福的微笑注视着他们两个人。这种组合确实不是很自然。这两个女人唇际的微笑虽说显然和蒙娜丽莎画像上的一样，却没有了离奇和神秘的特性，而是表达了一种回向于内心以及神圣、宁静的幸福。[②]

在对这幅画进行深入研究时，我们突然明白，只有列奥纳

[①] 穆特尔，1909，第1卷，第309页。
[②] 康斯坦丁诺娃（1907，第44页）："玛利亚怀着真挚的感情，向下注视着她的宠儿，她脸上的微笑使人想起吉奥孔多的神秘表情。"在另一段里（引文出处同上），她这样解释玛利亚："吉奥孔多的微笑显现在她的表情之中。"

第四章

多才能创造出这样的一幅画,就像只有他才能虚构出秃鹫幻想一样。这幅画综合了他童年时代的故事。我们只有从列奥纳多个人生活的印象中,才能理解画中细节的含义。我们认为,列奥纳多在他父亲家中发现,不仅他善良的继母多娜·阿尔贝拉(Donna Albiera),而且他的祖母,即他父亲的母亲——蒙娜·露西亚(Monna Lucia)也像通常的祖母那样温柔地善待他。这些情景促使他想创作一幅画,来表现在母亲和祖母共同照料下的童年生活。这幅画的另一个显著特征包含着更重要的含义。圣安娜——玛利亚的母亲、那个小男孩的祖母,应该是一位年高望重的妇女,在这里应该比圣玛利亚更成熟、更严肃一些,但她仍然被塑造成了一个风致韵绝的年轻女子。事实上,列奥纳多给了这个男孩两个母亲:一个向她张开双臂,另一个则在背景中,两个人都被赋予了母亲天伦之乐般的笑容。这幅画所具有的独特性使评论家们感到惊讶不已,例如穆特尔就认为,列奥纳多没法下定决心来画满脸皱纹的老人,正是由于这个原因,他才把圣安娜画成了一个魅力四射的女人。我们是否对这个解释感到满意呢?另外一些人则完全否认"母女之间年龄上的相似"。① 但穆特尔的解释却足以证明,圣安娜被画得很年轻,这个印象是从画中得出的,而并不是通过某种倾向性伪装的。

　　列奥纳多的童年和这幅画中的情形一样离奇。他有两个母亲:一个是他的亲生母亲卡特琳娜,在列奥纳多三岁至五岁期间,他被迫离开了她;另一个是他年轻温柔的继母,他父亲的妻子多娜·阿尔贝拉。列奥纳多把童年的事实和上文提到的(他的母亲和祖母的

---

① 参照塞德立茨的著作(1909,第 2 卷,第 274 页注释)。

存在）联系起来①，并将它们糅合成一个整体，这样《圣安娜与圣母子》的构思就形成了。离男孩较远的母亲形象，即外祖母，不仅在外形上，而且在她与男孩的空间距离上，都与他原来的亲生母亲卡特琳娜相符。艺术家似乎想用圣安娜幸福的微笑来否认和掩盖这个不幸女人的嫉妒，一种像当年被迫放弃自己的丈夫一样，被迫将自己的儿子交给出身高贵的对手时感到的嫉妒。②

---

① 括号中的文字是 1923 年新增加的。
② ［1919 年新增注释］要把画中的圣安娜和玛利亚从形体上分开，确实不是一件容易的事。人们会说，她们两个人相互交织在一起，就像杂乱地堆积在一起的梦中人物，因此在某些地方很难说出安娜在哪里开始，玛利亚在哪里结束。在批评家的眼里，这是一个错误，一个构图的缺陷，但以批评家的眼光［在 1919 年的版本中："艺术的眼光"］来看，却证明了其内含意义的准确性。艺术家将他童年时期的两个母亲的形象融合在了一起。
　　［1923 年新增注释］使人特别感兴趣的是将卢浮宫内的《圣安娜与圣母子》与著名的伦敦草图做比较，同一题材却表现出不同的构图方式（见图 2）。在这里，两个母亲更加紧密地结合在一起，她们各自的轮廓更加难以辨认。因此，那些无意于做任何解释的批评家们不得不说，看起来，"好像两个头长在一个身体上"。大多数的权威人士一致认为，伦敦草图是更早些时候的作品，它的创作时间大约是在列奥纳多第一次逗留米兰期间（1500 年以前）。相反，阿道夫·罗森贝尔格（专著：《列奥纳多·达·芬奇》［Adolf Rosenberg, *Leonardo da Vinci*, Leipzig, 1898］）却把这张草图看作是后来产生的、表现同一主题的更成功的作品。依照安东·施普林格（Anton Springer）的观点，它的创作时间甚至晚于《蒙娜丽莎》。假如草图是早些时候的作品，那就完全符合我们的观点了。当反向的推理无法让人理解，我们也就不难想象，卢浮宫的画是怎样由草图而产生的。我们从草图的构图出发，就能发现，列奥纳多自己觉得有必要消除两个女人梦一般的融合（这个融合完全（转下页注）

第四章

这样，列奥纳多的另一幅作品证实了我们的猜测，即蒙娜丽莎·德尔·吉奥孔多的微笑唤醒了列奥纳多对幼年时期母亲

（接上页注②）符合他童年的记忆），并从空间上将她们分开。他将玛利亚的头和上半身从母亲的身上分离出来，并向下面弯去。为了给这个移动腾出空间，小耶稣不得不从她的怀中下来，站到了地上。这样，就没有小约翰的空间了，于是，只能用这只羔羊来代替它。

[1919年新增注释] 奥斯卡·费斯特（Oskar Pfister）对卢浮宫内的这幅画有了一个重大的发现。尽管有人不愿意毫无保留地接受它，但无论如何他也无法否定自己对这一发现的兴趣。他在玛利亚奇特的、让人费解的衣服中发现了一只秃鹫的轮廓，并将它解释成一幅无意识的字谜画。

图2　　　　　　　图3

"在这幅表现画家母亲的画中，母亲的象征——秃鹫，清晰可辨。

蓝色的衣料围在前面那个女人的臀部并顺着她的大腿和右膝盖伸展，这样，人们就能看见秃鹫那独具特色的头、它的脖子以及身体的弯曲部位。对于我的这个小小的发现，几乎（转下页注）

的记忆。从此，在意大利画家的笔下，圣母玛利亚和贵夫人们都谦卑地低着头，脸上挂着卡特琳娜奇特而又幸福的微笑。这位可怜的农村姑娘把自己杰出的儿子带到了这个世界上，他命中注定了要从事绘画、研究，并忍受由此带来的痛苦。

如果列奥纳多成功地在蒙娜丽莎的脸上再现了这个微笑所包含的双重含义——无限温柔的期待和邪恶的威胁（见上文中佩特的话），那么他就在这里如实地保留了他早期记忆的内容。因为母亲的温柔成了他的灾难，决定了他的命运和将来性格上的缺陷。秃鹫幻想中那种强烈的爱抚是再自然不过了。可怜的、被遗弃的母亲不得不把她对曾经享受过的爱抚的全部回忆和对新的爱抚的渴望融入母爱中去。她这样做，不仅是为了

（接上页注②）没有一个观察家能够否认这是这幅字谜画的显著特征。"（费斯特，1913年，第147页）。

在这点上，我敢肯定，读者一定会仔细地观察一下附图，看看自己能否发现费斯特所说的秃鹫的轮廓。这块蓝色的衣料构成了这幅字谜画的边界。在这张复制图中，这块蓝色的衣料突出于其他黑色的衣服之上，就像黑色土地上的一块浅灰色的田野。（参见图3）

费斯特继续他的论述（引文出处同上，第147页）："现在，重要的问题是这幅字谜画延伸到了哪里？我们顺着这块突出于周围背景的衣料，注意到，这块衣料从翅膀的中间开始，它的一面垂到了这个女人的脚上，另一面则向上延伸，搭在了她的肩上和孩子的身上。前面的部分大致代表了秃鹫的翅膀和尾巴，后面的部分则是一个突出的肚子。尤其是当我们注意到呈放射状的、类似羽毛形状的线条时，我们发现它像一个展开了的鸟尾巴，尾巴的最右端，则正像决定列奥纳多命运的童年时代的梦中一样，伸向孩子的嘴，即列奥纳多的嘴。"

作者继续对这一问题做十分详尽的解释，探讨它显现出来的特点。

减轻自己失去丈夫的痛苦，同时也是为了弥补她的儿子没有父爱的惴惴不安。像所有不幸的母亲那样，她用自己的小儿子代替了她丈夫的位置，让他过早地性成熟，并以此剥夺了他的一部分男子汉气概。这个母亲对她所哺育和照料的婴儿的爱，要比她对后来成长着的孩子的爱更加深切。在自然完美的爱情关系中，母亲不仅能够实现自己所有的精神愿望，同时也能满足自己所有的肉体需求。如果说，母爱代表着一种人类可以实现的幸福形式，那么很重要的一个原因就在于，它能使长期受压抑并被称之为反常的愿望得以实现，而不遭受任何的指责。① 在最幸福的青年人的婚姻中，父亲感到孩子，特别是小儿子，成了他的情敌，这是与自己所喜爱的人之间敌对行为的开始，这是一种深深植根于潜意识中的敌对。

当列奥纳多在成年时再次见到那种令人温馨和着迷的微笑时——这种微笑在他的母亲爱抚他时，曾经掠过她的嘴唇，他已经长期处于一种压抑之中，这种压抑妨碍他渴望从别的女人的唇上得到同样的温柔。但当他成为画家后，他就努力用笔来再现这个微笑，并将它展示在所有的画中，他不仅自己这样做，而且还指导他的学生这样做，他把这个微笑画在了《丽达》(Leda)、《施洗者约翰》和《巴克斯》(Bacchus)中。后两幅画只是对同一人物进行了略微的修改。穆特尔说②：

---

① 见《性学三论》，1905，论文三，关于"婴儿时期的性对象"（Sexualobjekt der Säuglingszeit）的讨论，见"发现对象"（Die Objektfindung）一章。
② 穆特尔，1909，第 1 卷，第 314 页。

列奥纳多把《圣经》中的食蝗虫者变成了巴克斯，这个嘴角带着神秘微笑的阿波罗（Apollino），他交叉着光滑的双腿，用迷人的眼睛注视着我们。

这些画弥漫着一股神秘的气息，人们不敢去探究它们的秘密，最多只是努力将它们和列奥纳多的早期创作联系在一起。画中的形象仍然是两性同体，但已经不再有秃鹫幻想的意味了。他们是美丽的、带着女性温柔和外貌的年轻人。他们没有垂下眼帘，而是带着神秘的愉悦端详着，似乎他们知道了一个幸福的伟大成就，但对此又必须保持沉默。这个令人熟悉的、迷人般的微笑让人预感到，这是一个爱的秘密。很可能，列奥纳多是要用这些兼有男性和女性本质的形象，来表达这个被母亲迷住了的小男孩，他的愿望得以实现。他用这种方式来掩盖自己性生活的不幸，并在艺术中超越了这个不幸。

第五章

在列奥纳多的日记本中,有一条记录由于其内容上的重要性和一个形式上的微小错误引起了读者的注意。

在 1504 年 7 月,他写道:

> 1504 年 7 月 9 日星期三,瑟尔·皮其鲁·达·芬奇,波特斯塔宫殿(Palazzo del Podestà)的公证人,我的父亲,在 7 点钟去世了。他 80 岁了,留有 10 个儿子和两个女儿。①

这个笔记说的是他父亲的死。形式上的小错误是死亡时间"7 点钟"(a ore 7)的重复,好像列奥纳多在这个句子结束时忘了他在开头时已经写过了。这只是一个小细节,任何一个不是精神分析学家的人都不会对此特别看重,或许不会留意到它,即使是注意到了,他也会说:"任何人在心不在焉的情况

---

① 见明茨(E. Müntz, 1899,第 13 页上的注释)。——原文系意大利语,中文译文依德文版中的德文注释译出。——中译者注

下或是在遭受强烈感情体验的那一刻，都会犯这样的错误，除此以外，就没有什么其他的意义了。"

精神分析学家就不这样想了。在他们看来，任何蛛丝马迹都是隐藏着的心理过程的表现。他们一向认为，类似的健忘或是重复具有重要的意义。因为恰恰是这种"心不在焉"，才泄露了通常情况下隐藏着的动机。

我们说，这段笔记像卡特琳娜葬礼的账目和给学生们花费的账目一样，说明了列奥纳多并没有成功地压抑自己的感情。长期被隐藏着的感情找到了一种被歪曲了的表达途径。甚至表达的方式也是相似的，有着学究似的不差毫发和对数字的看重。①

我们将这类重复称之为"语句的持续性重复"（Perseveration）②。它是表达强烈感情色彩的极好方式。比如，人们可以回忆一下圣彼得在但丁的《天堂篇》（Paradiso）中，为反对他在人间的、有失他身份的代表所做的言辞激烈的演说：③

在地上，那个篡夺了我的座位的，

---

① 列奥纳多在他的笔记中犯了一个很大的错误：他把父亲的年龄写成了80岁，而不是77岁。在这里，我想忽略这个错误。
② 这个词在德语中的含义是"反复不止"，而在心理学上则表示：思想、语句、旋律在意识中的停留和持续重复，汉语成语中的"绕梁之音""余音袅袅"等都是典型的 Perseveration。——中译者注
③ 但丁《神曲》（Canto），第二十七章，第22~25行。——中文译文出自王维克译本（上海：商务印书馆，1938~1948）。——中译者注

第五章

> 我的座位,我的座位在上帝的
> 儿子的眼睛里还空着呢。
> 他使我的埋葬之地成为污血的沟、垃圾的堆。

如果列奥纳多不存在感情上的压抑,那么日记中的这段记录有可能会这样写:"今天早上7点钟,我的父亲去世了。瑟尔·皮其鲁·达·芬奇,我可怜的父亲!"但是,他所做的这份死亡报告却将"语句的持续性重复"转移到了最不重要的细节上,即父亲的死亡时间上,这就剥夺了记录的感情色彩,但恰恰这点使我们可以断定,这里存在被掩盖和被压制的东西。

瑟尔·皮其鲁·达·芬奇是一个公证人,并且他的家族的前几代也都是公证人。他是一个精力旺盛的人,他享有威望,过着富足的生活。他结过四次婚。前两个妻子都没有生育就去世了,直到第三个妻子才在1476年给他生了第一个合法的孩子,当时列奥纳多已经24岁了,他早已把他父亲的房子换成了他师傅委罗基奥的工作室。当父亲跟第四个,也是最后一个妻子结婚时,他已经50岁了,他又生育了9个儿子和2个女儿。[①]

毫无疑问,父亲对列奥纳多性心理的发展也起了很重要的作用。这个作用不仅仅是负面的,因为在这个男孩童年时代的早期,他的父亲就离他而去,而且也是直接的,因为在他童年

[①] 列奥纳多在这段日记中,犯了一个更大的错误,他将自己的兄弟姐妹的数目弄错了,这与看似具有准确性的该段文字形成了奇怪的对比。

时代的后期，他的父亲又出现了。每个孩子都希望自己的母亲能把自己放在父亲的位置上，他在想象中把自己等同于父亲，并把以后能够超越父亲看作是自己的终生事业。当不到 5 岁的列奥纳多被接到他祖父家中时，他必然感到年轻的继母阿尔贝拉取代了他亲生母亲的位置，他自己也处于那种通常而言和父亲敌对的关系之中。据我们所知，选择同性恋通常是在接近青春期的那几年形成的。当列奥纳多对这个决定产生兴趣时，那么把自己等同于父亲就对他的性生活失去了全部的意义，但它仍然作用于其他非性活动的生活中。我们听说，他喜欢华丽漂亮的服饰，拥有仆人和马匹。虽然瓦萨利说："他几乎什么都没有，也很少工作。"我们不能将这些嗜好简单地归结为他的审美能力，我们断定，其中存在模仿和超越父亲的压力。对可怜的农村姑娘来说，他的父亲是一位高贵的绅士，这样，儿子也不断受到刺激，想扮演这位高贵的绅士，并要"比希律王更希律王"（"to out-herod Herod"）①，在父亲面前显现出真正的高贵。

具有创造力的艺术家对待自己作品的感觉就像一个父亲对待自己的孩子一样。列奥纳多把自己等同于父亲对他的艺术创作产生了严重的后果。他创作了它们，然后就不再关心它们，就像他的父亲不关心他一样。父亲以后对他的关心并不能改变

---

① 希律王（前 73～前 2 年）是罗马统治时期的犹太国王，在他执政时期耶稣降生在犹太伯利恒。他曾下令将伯利恒境内两岁以下的男孩全部杀死。耶稣全家因事先得到神启而逃亡埃及才幸免于难。直到希律王死后才返回耶路撒冷。因此，希律王便成了"暴君"的代名词。——中译者注

第五章

这种压力,因为这种压力来自于童年早期的印象,以后的经验无法调整这种存在于潜意识中的压抑。

在文艺复兴时期,乃至在更晚一些的时间里,每个艺术家都需要依附于一个处于高位的士绅、施主和保护人,这个人给艺术家委派任务,艺术家的命运掌握在他的手股之间。列奥纳多找到了被人们称之为摩洛一世的斯弗尔兹(Lodovico Sforza)做自己的保护人。斯弗尔兹是一个雄心勃勃的人,他热爱一切华丽的东西,并且颇善外交辞令,但他却是一个反复无常、不太可靠的人。在他米兰的宫殿里,列奥纳多度过了他生命中最辉煌的时期。在为斯弗尔兹服务期间,他的艺术创造力得到了自由的发展,《最后的晚餐》和斯弗尔兹的骑马塑像足以证明这一点。在斯弗尔兹遇难之前,列奥纳多就离开了米兰,后来斯弗尔兹被当作罪犯囚死在法国的一个地牢中。当列奥纳多听到他的保护人死亡的消息时,他在日记中写道:"公爵失去了他的土地、财产和自由,他所计划的事业没有一件得以完成。"[①] 值得注意的是,他指责他的保护人的这句话和后人对他的指责如出一辙,这绝对不是毫无意义的。他这样做的目的是想让他父辈中的某个人为他没能完成他的作品而负责。事实上,他对这位公爵的指责也并非完全没有道理的。

如果说对父亲的模仿妨碍了他作为艺术家的发展,那么童年时期对父亲的反抗则是他在研究领域内取得杰出成就的基础。梅列日科夫斯基做了这样一个精彩的比喻,说列奥纳多是这样的一个人:当别人还在沉睡时,他已经在黑暗中过早地醒

[①] 塞德立茨的引文(1909,第2卷,第270页)。

来了。① 他敢于发表具有独创性的讲话，为每个独立的研究做辩护：

> 当一个人和别人发生意见争论时，如果他去求助于权威，那么这个人不是在用理性，而是在用记忆工作。②

列奥纳多成了第一位现代的自然探索者，他的勇气使他积累了丰富的学识和想象，因此成为希腊时代以来第一位只通过观察和自己的判断来探索自然奥秘的人。但是，当他教育人们必须轻视权威、抛弃对古人的模仿，并且一再主张对自然界的研究是所有真理的源泉时，他只是在重复自己在人类可能达到的理想境界中的坚定态度，而这种态度产生于他的童年时代，那时他还好奇地注视着这个世界。如果我们将科学的抽象概念转换成个人的具体经验，那么古人和权威则仅仅相当于他的父亲，而大自然则重新变成了曾经养育过他的、温柔、善良的母亲。从古至今，绝大多数的孩子都迫切地需要依附于某个权威，以至于当那个权威受到挑战时，他们的世界就会倒塌，唯有列奥纳多可以不需要这种支持。如果在他生命的初期，他没有学会放弃他的父亲，那么他就不可能做到这一点。童年的性探索没有受到父亲的压抑，这是他后来从事冒险、独立的科学研究的基础，并将研究延伸到了性以外的领域。

---

① 梅列日科夫斯基，1908，第 348 页。
② 索尔密引用过这句话，1910，第 13 页。——原文系意大利语，由弗洛伊德本人译成德文。——中译者注

第五章

  如果一个人像列奥纳多那样，在他童年的最早期①就摆脱了来自父亲的恐吓，并在他的研究中挣脱了权威的羁绊，但我们又发现，这个人仍然是一名虔诚的教徒，无法摆脱宗教教义的约束，那么这种情况就和我们所希望的迥然而异了。精神分析学说使我们认识到了恋父情结和信仰上帝之间的内在联系，它向我们表明，从心理的角度来说，每个人的上帝无异于一个拔高了的父亲形象，它使我们每天都认识到：一旦父亲的权威在年轻人的心中倒塌，他们便失去了宗教信仰。因此在父母情结之中我们认识到了人们宗教需要的根源。万能而又公正的上帝，善良的大自然在我们看来是父母亲卓越的升华，更确切地说是对幼儿期有关父母亲概念的更新和恢复。按照生物学的观点，宗教性应当归根于儿童长期、持久的无助和对帮助的需求。在以后的日子里，他认识到了自己真正的孤独和在强大生活压力面前的弱小，并感到现在的情形和童年时代很类似，于是他就尝试用唤回他幼儿时期的保护力量来否定自己的绝望无助。宗教给予它的信徒预防精神病的能力，因为每个人，乃至整个人类的负罪感都来源于恋父母情结，宗教帮助他们去除了这个情结，而那些不信教的人则必须独自来面对这个问题。②

  列奥纳多的例子似乎可以证明这个关于宗教信仰的观点并不是错误的。当他还活着的时候，就有人指责他不信教或者说

---

① 这个词是 1925 年新增加的。
② 这一段的最后一句话是 1919 年增加的。——有关这一点也见弗洛伊德的《群体心理学》(*Massenpsychologie*, 1921, in: *Ges. Werke*, Bd. 13, S. 73ff; Studienausgabe, Bd. 9) 一书的最后一章 D 段的结尾处。

是背离基督教，这在当时跟不信教并没有什么两样，瓦萨利（1550）在为他写的第一本传记中对这些均有明确的描述。[①] 1568 年，瓦萨利在《生活》（Vite）的第 2 版中删去了这些描述。我们完全能够理解为什么列奥纳多在他的笔记中也没有直接表明他对基督教的态度，因为在那个时代，宗教是一个极其敏感的问题。作为研究者，他不受《圣经》中有关创世描写的诱惑。例如，他否认发生《圣经》中所说的宇宙大洪水的可能性，并毫不犹豫地像现代人一样，在地质学上使用十万年作为计算单位。

在他的"预言"中，有一些肯定会伤害虔诚基督徒的细腻感情。例如：[②]

在圣者的画像前进行祈祷：

人们对着那些毫无知觉，睁着眼睛但又看不见任何东西的人说话，人们和他们说话，却得不到回答；人们向那些长着耳朵但又听不见任何东西的人祈求恩赐；他们要为瞎子点灯。

或者，关于在受难日对耶稣的悼念（出处同上，第 297 页）：

在欧洲的所有地方，无数的人都在为死于东方的一位

[①] 明茨：《列奥纳多·达·芬奇》（E. Müntz, *Léonard de Vinci*, Paris, 1899, S. 292ff.）。
[②] 见赫茨菲尔德的著作，1906，第 292 页。

特别的男子而哭泣。

我们这样评价过列奥纳多的艺术：他去除了圣人和教会之间的最后联系，将他们引入人间，赋予他们人类伟大而美好的感受。穆特称赞他克服了颓废的基调，恢复了人的感官快乐和享受生活的权利。在列奥纳多深入探究自然奥秘的笔记中，不乏对造物主——所有神奇奥秘的根源——的赞美，但是没有一处表明，他要与这个神奇的力量维持任何个人的关系。他晚年的一些充满深刻智慧的话语，则流露出他乐于服从自然的法则，并且不期望通过上帝的仁慈和恩典来减轻自己的痛苦。毋庸置疑，列奥纳多战胜了教条化和人格化的宗教，他通过自己的研究工作，远离了一个基督教徒的世界观。

从前面提到的关于儿童精神生活发展的观点中，我们逐渐认识到，列奥纳多童年时期的早期探寻，也涉及了性问题。他把他的探究欲望和秃鹫幻想联系在一起，将鸟儿的飞翔问题作为他的钻研重点。由于鸟儿和他的命运有着一种特殊的联系，因此它成了他的研究对象，但是这种显而易见的掩饰却还是暴露了他的真实意图。在他的笔记中有一段关于鸟儿飞翔的十分模糊的、类似预言性质的记述。它表明，列奥纳多是怀着怎样美好而又充满感情的兴趣，渴望自己能够成功地模仿鸟儿的飞行技术。

这一硕大的鸟从大天鹅的背上开始了它的第一次飞翔。它使整个宇宙为之震惊，所有的文字都为它喝彩，它给自己的巢带来了永恒的光辉。①

他可能希望自己有朝一日能够飞翔,我们从人们通过梦可以实现自己的愿望这一事实中了解到,巨大的幸福源于愿望的实现。

但是,为什么许多人都会梦见自己有飞的能力呢?精神分析给出了这样的回答:飞翔或者变成鸟只是另一种希望的遮掩而已,它比梦见任何一座语言和实际的桥,都更能使我们认识到这种希望的实际所指。人们常告诉爱提问的孩子,婴儿是像圣鹳那样的大鸟送来的;古人把男性生殖器描绘成有翅膀能飞翔的样子;男性的性活动在德语中最常见的表达方式是"vögeln"②,在意大利语中男性的性器官被直接称之为"l'uccello"(鸟)。所有这些都是一个有联系的整体的片段,它告诉我们,梦中希望能飞只能表示渴望具有性能力。③ 这是婴儿时期的一种愿

---

① 见赫茨菲尔德的著作,1906年,第32页。"大天鹅"应当是指佛罗伦萨附近一座名叫蒙特·西塞罗(Monte Cecero)的小山(现在被称作 Ceceri,而 Cecero 在意大利语中是"天鹅"的意思)。

② "Vogel"在德语中是"鸟"的意思,而 vögeln 则是 Vogel 的动词形式,意思是"性交""交尾"的意思。——中译者注

③ [1919年新增注释] 根据保罗·费德恩("有关两种典型的梦感觉",Paul Federn,"Über zwei typische Traumsensationen", 1914. in: *Jh. Psychoanalyse*, Bd. 6, S. 89)和挪威科学家毛利·伍尔德(《关于梦》Mourly Vold, *über den Traum*, 2 Bde. , übersetzt v. O. Klemm, Leipzig, 1912)的研究。伍氏并不从事精神分析学的研究。同样见《梦的解析》,第 VI(E)章,约在"其余典型的梦"的详细叙述的中间部分。

望。当一个成年人回想起自己的童年时，他感到那是一段幸福的时光，那时他尽情欢乐，对未来没有任何奢望，正因如此，人们才非常羡慕孩子们。但是，如果孩子们能够早一点[①]亲自告诉我们有关他们自己的故事，结果也许会完全不同。童年似乎并不是和谐宁静的画面，只是我们在后来歪曲了它。在童年期间，孩子们不断受到鞭策，要尽快长大，去干和大人一样的事情。这个愿望是他们所有游戏的动机。但孩子们在自己的性探索过程中却发现，在这个如此神秘和重要的领域内，大人们能干一些了不起的事情，却不允许他们知道，也不让他们去做。这使他们萌生了也要那样做的强烈愿望。他们幻想一种飞翔的形式，或者让这种经过伪装的愿望为他以后的飞行梦想做准备。因此，时至今日才实现了的飞行术，可以在婴儿的性欲方面找到根源。

列奥纳多向我们承认，他从童年时代起就感到自己和飞行问题之间存在某种特殊的个人关系，同时，他向我们证实了性问题是他童年时期的探索方向，这和我们通过调查现代儿童所猜测的结果完全一致。这个问题使他摆脱了压抑，而这种压抑恰恰使他日后成了一个性冷淡的人。从他童年时代起直到他的智力完全发育成熟，他对这个问题始终怀有浓厚的兴趣。他渴求的技艺很可能在机械方面是无法实现的，就像他早年的性欲得不到满足一样。对他来说，也许这两个愿望都不能得到实现。

[①] 在 1923 年以前的版本中，用"darüber"（有关于此）来代替"früher"（早一点）这个词。

伟大的列奥纳多在他的一生中，有许多方面都保持了孩童的天真。据说，所有伟人都必须保留某些儿童的天性。列奥纳多在他成人以后，还继续玩小孩的游戏，因此，在同时代的人看来，他有时就显得有些古怪，令人难以捉摸。当他为宫廷里的节日和盛大的宴会制造了极为精致的机械玩具时，我们却对此感到很不满意，因为我们不愿看到这位大师将他的精力用于这样的琐事。他自己倒是显得很乐于这样支配自己的时间，因为据瓦萨利所说，他在没有受到委托时，就已经制作了这样一些类似的东西。

在那里（罗马）他把蜡分成一块块儿的，并用它们制作出了许多精巧的小动物，里面充满了空气。他把空气吹进它们的身体，它们便会飞起来，而空气跑掉后，他们就落到地面上。贝维迪勒（Belvedere）的葡萄农抓到了一只很奇特的蜥蜴，列奥纳多从其他的蜥蜴身上取下皮肤，给它做了一对翅膀，并在翅膀中灌入水银，这样，当它爬行时，翅膀就会颤动。接着，他又为它装上了眼睛、胡须和角，并将它驯服，放在一个盒子里，来吓唬他的朋友们。[①]

这种游戏对列奥纳多来说常常是为了表达内容重要的思想。

[①] 见绍恩所译瓦萨利的著作，1843，第39页［出版人：鲍吉（Poggi），1919，第41页］。

第五章

他常常很细心地把羊肠清洗干净，让人可以拿在手里；他把它们拿进一个大屋子里，然后在隔壁的房间里放上铁匠用的鼓风机，他把羊肠系在鼓风机口，往羊肠里打气，直到胀开的肠子充满了整个屋子，而人不得不退到角落里。他用这种方式给人演示，羊肠是怎样逐渐变得透明并充满了空气：最初，它们只占用很小的一个空间，以后逐渐扩展到整个房间，他把羊肠比作天才。①

在善意的掩饰和巧妙的伴装之下，他的寓言和谜语都表现得既轻松又愉快。但有些谜语却以"寓言"的形式出现，它们几乎都极富思想性，但显然缺乏幽默感。

列奥纳多富于想象力的游戏和思想变化，让那些不了解他这种性格的传记作家们误入了歧途。例如，在列奥纳多的米兰手稿中，就有一些写给"索利奥（Sorio，叙利亚）的蒂欧达里奥（Diodario）即巴比伦王国总督神圣的苏丹"的信的草稿。列奥纳多在这些信中谈到了自己被作为工程师派到了东方的某些地区，去做一些具体的工作。别人指责他懒惰，他为自己做了辩护，他提供了城市和山脉的地理描述，并且还描述了他在那里时所发生的一个重大的自然事件。②

1883年，里希特（J. P. Richter）试图根据这些文件来证

---

① 见绍恩所译瓦萨利的著作，1843，第39页［出版人：鲍吉（Poggi），1919，第41页］。

② 有关这些信以及与之相关的内容见明茨的著作（1899，第82页及以下）。原文和其他有关的注释可以在赫茨菲尔德的著作（1906，第223页及以下）中找到。

明，列奥纳多在埃及苏丹任职期间，确实做了这些旅行观察，甚至他在东方已经信奉了穆罕默德的宗教。列奥纳多在东方逗留的时间应该在1483年之前，也就是说在他住进米兰公爵的宫廷之前。然而，另一些作家则轻而易举地发现，列奥纳多所谓的东方旅行只不过是年轻的艺术家想象的产物。他创造这些不过是为了自我消遣而已，或许也表达了他想去周游世界和经历探险旅游的愿望。

"芬奇研究院"（Academia Vinciana）也可能是一个想象的臆造物。它由五六个以极高的艺术方式相互缠绕的标志组成，并且写着研究院的字样。瓦萨利提到过这些图案，但却没有提及研究院。① 明茨用其中的一个图案作为他所撰写的关于列奥纳多的伟大著作的封面。他属于相信"芬奇研究院"的真实性的少数几个人之一。

当列奥纳多更趋成熟时，他可能失去了对游戏的兴致，而转入了研究工作，后者代表着他个性的最终和最高的发展。但是，这样一个长期的过程却告诉我们，当一个人在童年时期享受到了最大的性快乐，而他在以后的日子里却又无法重新获得这种快乐时，那么他如要挣脱和童年的联系，必将经历一个漫长的过程。

---

① 另外他还花一些时间来画绳结。顺着绳结的一端到另一端，直到画出一个完整的圆形。这种非常复杂而又漂亮的画被刻在了铜版上，在它们中间，人们可以读出"列奥纳多·达·芬奇研究院"（Leonardus Vinci Academia）的字样。见绍恩翻译的瓦萨利的著作，1843，第8页［出版人：鲍吉（Poggi），1919，第5页］。

第六章

今天的读者觉得所有的病情记录都令人厌恶,但忽视这一事实是徒劳无益的。他们拒绝研究一位伟大人物的病历,认为这种做法永远不会让人理解这个伟大人物的重要性及其成就。因此,研究伟人身上的这些事情是一种徒劳而又不适当的做法,因为这些事情在任何人身上都很容易被发现。显然,这种批评是完全不公正的,以至于人们只能把它理解成一个借口和一种掩饰。我们研究病历的目的完全不是为了理解这个伟人的成就。如果一个人从未许诺过什么,那么人们就不可以指责他不守信用。所以,这并不是他们反对我们的真实动机。但如果我们考虑到传记作家们记述他们心目中英雄的特殊方式,我们就会发现这个动机。出于自身的生活体验,他们从一开始就对自己选定研究的主人公有一种特殊的爱好。然后,他们就专心致志地进行这项理想化的工作,他们努力将这位伟人归入他们幼年时期的理想人物行列,并在他身上重现孩子对父亲的印象。为了完成这个心愿,他们去除了主人公生理学上的个人特征。他们消除了他在生存斗争中内外抗争的痕迹,他们不允许他有任何人类的弱点和缺陷。这样，他们实际上给我们描述了一个冷淡的、陌生的理想化人物，而不是那个遥远的、和我们同类的人。很遗憾，他们为了幻想而牺牲了真理，为了他们婴儿时期的想象，而放弃了深入人类本性中最迷人的秘密的机会。①

列奥纳多本人有对真理的热爱以及对知识渴求的愿望，他不会阻碍人们试图从他本性中一些奇怪的小事和谜团中，去猜测他精神和智力发展的条件。我们以从他那里能学习到什么的方式，来表达对他的敬意。我们综合一下那些给他打上惨痛烙印的失败因素，来研究他为成长所做出的牺牲，这样做并不会妨碍他的伟大。

必须强调指出的是，我们从没有把列奥纳多当作一个神经机能症患者，或者是像那些蹩脚的表达方式所称的"神经病患者"。如果有人抱怨，说我们胆大包天，居然敢将病理学的观点应用到列奥纳多的身上，那么这说明他还在坚持我们今天已经明智地摒弃了的偏见。我们不再认为：健康和疾病，正常人和神经症患者之间存在明显的差别，而神经症特征必定是一种普遍意义上的低劣的表现。我们今天知道，神经症症状是某种压抑的替代物，我们从一个孩子发展成为一个有教养的人，都必然要经历这些压抑。我们所有的人都会产生这种替代物，但是只有当这种替代物的数量、强度和布局达到一定程度时，才符合对具体疾病的界定，才能导致体质孱弱的结果。根据列

---

① 这一批评当然具有普遍性，并非专门针对列奥纳多的传记作家们而言。

第六章

奥纳多自身的一些细微症状，我们认为他和我们称作"强迫类型"的精神症很相似，为此，我们可以将他的研究和神经症患者的"强迫性思考"（Grübelzwang），将他精神和肉体上的压抑和精神症患者的所谓的"意志缺损"（Abulien）进行比较。

我们研究工作的目的是要解释列奥纳多在性生活和艺术活动中的压抑。为了达到这个目的，我们可以总结一下我们在他的精神发展过程中所猜测到的东西。

我们没有关于他遗传方面的材料，相反，我们看到了他童年时期的偶然遭遇深刻地妨碍了他的生活。他的非法出生剥夺了他父亲对他的影响，直到他大约五岁时为止，他只能沉浸在母亲的温柔之中，他是母亲唯一的安慰。母亲的亲吻使他过早地达到了性成熟。他幼稚的性探索的强度，明确地表示，他可能进入了一个幼稚的性活动时期。他幼年时的印象强有力地激发了他的表现欲和求知欲。嘴的性感带得到了重视，并且从此再没有放弃过。从他后来对动物过分同情这种相反的举止中，我们可以推断，他童年的这个时期并不缺乏强烈的施虐狂的特征。

一个强有力的抑制的出现，结束了童年时期的这种过分的行为，并形成了某些倾向，这些倾向在青春期显现出来。这种变化最明显的结果是对所有原始的感官活动的回避。这就使得列奥纳多过着一种禁欲的生活，并给人一种"无性人"的印象。青春期的激动像洪水一样冲击着这个男孩，但这种激动并没有迫使他去寻求一种昂贵而又有害的替代物，而使他患病。因为他过早地对性充满了好奇，所以他才将他大部分的性欲需

85

求升华为一种广泛的求知欲望。他用这种方式逃避了压抑。只有很小一部分的力比多继续致力于性的目的，它体现了一个成年人缺乏活力的性生活。因为他对母亲的爱被压抑了，所以这部分力比多就变成了同性恋，并表现为对男孩子的精神之恋。在他的潜意识中，他还保留着对母亲的固恋以及对他们之间关系的温馨回忆，但它们暂时还处于静止状态。性本能就是以压抑、执着和升华的方式对列奥纳多的精神生活发生了作用。

度过了黑暗的童年时代，列奥纳多作为一位艺术家、画家和雕塑家出现在我们的面前。这得益于他有一种特殊的天赋，而这种天赋归功于他幼年时期表现欲的过早觉醒。如果不是能力所限，我们非常乐意描写艺术活动是怎样源于心理的原始本能。我们必须满足于这样一个不容置疑的事实，即艺术家的创作给他性欲的发泄提供了渠道。瓦萨利在他所提供的关于列奥纳多的资料中指出：微笑着的女人头像和漂亮的男孩，即他的性对象的代表，在他的早期艺术创作中格外引人注目。在朝气蓬勃的青年时代，列奥纳多最初的工作似乎是无拘无束的。他在选择生活方式时，以他的父亲为榜样，因此，他在米兰度过了一段充满男性创造力和艺术多产的时期。在那里，命运有幸使他在洛德维其奥·摩洛公爵（Herzog Lodovico Moro）的身上找到了父亲的替代者。但在列奥纳多的身上，我们的经验很快就得到了证实：完全压抑真正的性生活并不能给升华了的性活动提供有利的条件。性生活的模式发生了作用，列奥纳多的活动能力和快速做出决定的能力开始下降，左思右想和拖沓延迟的倾向作为干扰因素在《最后的晚餐》中已经很明显了，这种倾向影响了他的技巧，并因此决定了这部伟大作品的命运。

第六章

这个过程在他身上进行得十分缓慢,人们只能将它比作神经症患者的退化。在青春期,他的本能得到了发展,成了一名艺术家,但是,他的童年生活决定了他必将成为一名科学家。因此,他的性本能的第二次升华让位给了最初的、为第一个压抑而准备的升华。他成了一名研究者,一开始,他还为他的艺术服务,但后来他就孤立和离开了这一领域。由于他失去了他的保护人——他心目中父亲的替代者,他的生活变得日渐黑暗,因此他放弃绘画、重新从事研究的愿望也变得越来越强烈。一位和伊莎贝尔·德斯特(Isabella d'Este)伯爵夫人有书信来往的人说,伯爵夫人很想得到他的一幅画,但他变得"对绘画非常厌倦"(impacientissimo al pennello)。[①] 童年的经历控制着他。但是代替了艺术创作的研究工作,却似乎包含了一些表明潜意识本能活动的特征:永不知足、执着不懈以及缺乏适应现实环境的能力。

在他生活的巅峰期,即他刚满50岁时,一个新的变化向他袭来。这个年龄段的妇女的性特征已经开始衰退,但是男人的力比却通常会有旺盛的发展。他深层的心理内容重新活跃起来。这有益于他的艺术,当时他的艺术正处于举步维艰的状态。他碰到了一位妇女,她唤醒了他对母亲迷人般的、充满快乐和性欲的微笑的回忆。在这个被唤醒了的记忆的影响之下,他重新获得了他在开始艺术创作时的动力,那时他也画微笑着的妇女头像。他创作了《蒙娜丽莎》《圣安娜与圣母子》以及一系列以神秘的微笑为特征的画。在他最原始的性冲动的帮助

[①] 见塞德立茨的著作(1909,第2卷,第271页)。

下，他再次体验到了清除艺术障碍的快乐。对我们来说，他最后的这次发展，消失在他临近老年的黑暗中。但是，他的理智却远远高于他同时代取得的最高成就者所具有的世界观。

在前面的几章中，我已经提出了为何用这种方式来描述列奥纳多的发展过程、划分他的生活以及解释他在科学和艺术之间踌躇不定的理由。如果精神分析领域的朋友和专家对我的阐述得出这样的评价，认为我仅仅是写了一部精神分析的小说，那么我将要做出这样的回答，那就是我绝没有高估这些结果的确定性。我像其他人一样，被这位伟大的神秘人物所吸引，在他的天性中感受到了强烈的性欲，而这种欲望却只能用如此奇怪的压抑方式来表达。

但是，不管列奥纳多生活的实际情况究竟如何，我们都不能放弃对他做精神分析的努力，直到我们在其他问题上取得成就。我们必须在总体上划定精神分析在传记中的能力范围；否则，对任何一种现象未加解释就会被视作是一种失败。精神分析的资料来源于一个人的生活经历：一方面是事件的偶然因素和环境的影响，另一个方面是个体被报道后的反应。以对心理机制的认识为依据，从个体的反应中去积极研究他的本性，去发现他原始的心理动机以及他后来的转变和发展。如果做到了这一点，并对这个人物的性格和命运以及内外力量的共同作用加以考虑，那么就可以解释这个人物的生活方式。如果这样做还不能得到任何确切的结果——可能像列奥纳多的情况那样——那么责任不在于精神分析学错误或不完善的方法，而在于流传下来的、有关这个人物资料的不准确性和不完整性。所以，该为这个失败负责的是那些传记作家们，他们迫使精神分析学在

第六章

如此不充分的材料上做出了这样的鉴定。

不过，即使我们掌握的历史资料非常丰富，并且对心理机制的运用也最有把握，这在精神分析看来是最重要的两点，精神分析研究也不能解释清楚，一个人为什么必然成为这个样子，而不是另外的样子。在列奥纳多的情况中，我们不得不持这样的一种观点，他非法出生的偶然性和他母亲的过分温柔，对他性格的形成以及后来的命运具有决定性的影响：童年后出现的性压抑促使他将利比多升华为求知的欲望，并使得他以后的一生，性生活都处于静止状态。但并不是在童年的性得到满足后都要出现这种压抑。在另外一些人身上，也许就不出现这种压抑，或者只是在很小的程度上出现这种压抑。我们必须承认，这里存在一个用精神分析的方法无法解决的自由度。同样，人们不能将这种压抑的结果看成是一种唯一可能的结果。也许，另一个人没有成功地将受压抑的力比多升华为求知的欲望。他们受到了和列奥纳多同样的影响，却不得不承受着智力上的永久缺陷以及无法克服的强迫性精神症的倾向。精神分析的方法无法解释列奥纳多的两个特征：极其特别的压抑性欲的倾向和使原始性欲得到升华的杰出能力。

性欲及其转变是精神分析学能够认识的最后一个问题。以后的问题则由生物学研究来完成。我们必须在形成性格的生理基础上来寻找压抑倾向和升华能力的原因，因为心理结构是后来在生理结构的基础上产生的。由于艺术的天赋和能力是与升华密切相关的，所以我们必须承认，艺术成就的本质对我们来说，也是用精神分析的方法无法解答的。今天的生物学研究倾向于将一个人器官构造中的主要特征，解释为（化学）物质意义上的男女气质的相互混合。列奥纳多英俊的外表以及他的左撇子可以用来证明这个观点。① 但无论如何，我们都不会离开纯心理研究的立足点。我们的目的是要证明在性欲活动的过程中，一个人的外部经验和他的反应之间的关联。即使心理学研究没有向我们解释清楚列奥纳多具有艺术家气质的事实，但它使我们理解了这种艺术家气质的表现方式和局限性。好像唯有具备列奥纳多这样童年经历的人，才有可能画出《蒙娜丽莎》和《圣安娜与圣母子》，才能使他的作品具有如此令人悲伤的命运，才能使他作为一个科学家取得如此巨大的成就，似乎在他童年的"秃鹫幻想"中就隐藏了他所有成就和厄运的关键。

但人们是否能够接受这样的研究结果，即"恋亲丛"（Elternkonstellation）的偶然性对一个人的命运有着决定性的影响，例如列奥纳多的命运就和他的非法出生以及他的第一个继母多娜·阿尔贝拉的不孕有关。我认为，人们没有权利不同意这样的研究结果。如果有人认为，事件的偶然性对于决定我们的命运没有任何价值，那么他就会陷入一种纯粹的对神的敬畏的世界观之中。当列奥纳多写下"太阳不动"这句话时，他本身已经在准备克服这种世界观了。当公正的上帝和仁慈的天意在我们的生命处于最没有抵抗力的时期，不能保护我们免受这些影响，我们自然就受到了伤害。同时，我们总爱忘记，其实我们生命中的一切都是一种偶然，我们的诞生是源于精子和

---

① 这无疑是影射受弗洛伊德影响极深的弗利斯（Fleiß）的观点。不过有关两侧对称性的问题，他们俩的观点并不一致。

第六章

卵子的偶然相遇。在这种偶然性中存在自然的法则和必然性，它仅仅是缺少了同我们的愿望和幻觉的相连而已。在我们构建的"必然性"和我们童年时代的"偶然性"之间，究竟哪一个是我们生活的决定因素，我们还不能具体地加以肯定；但总的来说，早期童年生活的重要性却不容置疑。我们所有的人对自然的尊重还很不够。对此，列奥纳多晦涩的话语让人想起哈姆雷特的名言。列奥纳多说：

>　　自然中充满了无数的原因，它们永远不会进入我们的经验。①

我们人类中的每个人都只能和这无数实验中的一个相符合，在这不计其数的实验中，自然的因素（ragioni）走进了经验之中。

---

① 赫茨菲尔德的著作，1906，第 11 页。有可能是指大家熟悉的哈姆雷特的句子：天国人间事真多，比你在书本知识中梦想的还要多。

译后记

一

摆在读者面前的是精神分析大师弗洛伊德于1910年所撰写的评传——《达·芬奇童年的记忆》（*Eine Kindheitserinnerung des Leonardo da Vinci*）的中译本。弗氏依据精神分析的学说，以列奥纳多的日记中有关他幼年生活的不为人所注意的一段话为出发点，详细地介绍了达·芬奇幼年以来的感情生活，分析了他的性心理发展过程，着重阐释了幼年的某些重要人生经历对艺术家本人的影响，及其在艺术作品中的表现与流露。

尽管弗洛伊德的观点受到了后世的批判，但由于其视角独特，观点新颖，对传统史学提出了极大的挑战，进而形成了影响至今的心理史学学派。这部心理史学的奠基之作也因此备受重视，几乎被译成了各种西方文字。

从心理史学的发展来看，弗洛伊德是该学派的创始人。拉丁语中有一句话说：Aut inveniam viam aut faciam，意思是，如

译后记

果找不到一条路的话,那就开一条路吧!在很多领域,弗洛伊德都是开创者。后来他在回忆自己的一生时,认为《达·芬奇童年的记忆》是他所写的书中唯一的一件漂亮的东西(die einzige hübsche Sache)。蒙娜丽莎那动人且谜一般的微笑就像是一根红线,贯穿着他的整个文本。也许有人会说,弗洛伊德的这本书不过是一本心理分析的小说而已,那他自己也必然要承认,他本人也无法高估这一研究的确定性。

本书德文版出版后,在西方世界产生了很大影响。德文版除了1910年的单行本外,还被收入1925年《全集》(*G. S.*)第9卷的第371~454页,1945年《全集》(*G. W.*)第8卷的第128~211页,以及1969年供研究用版本(*Studienausgabe*)的第10卷。1995年法兰克福费舍尔简装书出版社又重新作为单行本出版了此书: *Eine Kindheitserinnerung des Leonardo da Vinci. Einleitung von Janine Chasseguet-Smirgel. Frankfurt a. M.: Fischer Taschenbuch Verlag 1995*。据不完全统计,此书被译成其他欧洲语言的情况如下:

英语:

- *Leonardo da Vinci: A Psychosexual Study of an Infantile Reminiscence*, trans. A. A. Brill, New York: Moffat, Yard, 1916, IA; London: Kegan Paul, Trench, Trubner, 1922, IA.

- *Leonardo da Vinci and a Memory of His Childhood*, intro. Peter Gay, Norton, 1990, 144 pp, OL.

法语:

- *Un souvenir d'enfance de Léonard de Vinci*, trans. Marie

Bonaparte, Paris: Gallimard, 1927.

- *Un souvenir d'enfance de Léonard de Vinci*, trans. Janine Altounian, André and Odile Bourguignon, et al., intro. J.-B. Pontalis, Paris: Gallimard, 1987; 1992; in OCF. P, X, 1993.

捷克语:

- *Vzpomínka z dětství Leonarda da Vinci: 4 obrazy*, trans. & intro. Ladislav Kratochvíl, Prague: Orbis, 1933, 131 pp; Prague: Orbis, 1991, 88 pp.

葡萄牙语:

- *Livro-Cinco Lições de Psicanálise*, *Leonardo da Vinci e Outros Trabalhos*（1910）– Coleção Obras Psicológicas Completas de Sigmund Freud – Vol. 11. 2006.

二

2004年由于丹·布朗的《达·芬奇密码》[①]的出版神话（此书在短短两年间全球销量竟达2000万册之多），各式各样的有关列奥纳多的书籍铺天盖地而来。列奥纳多这位意大利文艺复兴时期的艺术大师、科学家，再度成为公众关注的对象。跟这些年坊间流行的有关列奥纳多的过眼烟云般的众多畅销书不同的是，弗洛伊德的这部传记，是他运用心理分析方法创作

[①] Dan Brown, *The Da Vinci Code*. Robert Langdon, 2003. 中文版：丹·布朗：《达·芬奇密码》，朱振武等译，上海人民出版社，2004。

译后记

出的一部学术著作。作为严肃的学术名著，《达·芬奇童年的记忆》在经历了一个世纪漫长时光的考验后，重又翻译成中文，从学术史的意义上来考虑有其特殊的内涵。但愿这个译本能为读者带来理解列奥纳多这个艺术怪才的一个新的视角！

考虑到国内现在流行的译本多是从英译本转译而来的，2004年我从德国留学回来不久，便依据德国法兰克福Fischer Taschenbuch Verlag出版社1995年的德文版本，译出中译本，承蒙华东师范大学出版社于2006年安排出版。

此次该书列入社会科学文献出版社的"典藏版"系列安排出版，我将书名按照原意改为《达·芬奇童年的记忆》。此外，为了不影响读者阅读，除了几幅原书所附的列奥纳多的作品之外，与本书相关的他的其他作品，都集中做成插页，希望读者不仅通过文字，更借助于这些难得的图像资料，更好地理解这位艺术大师；同时希望读者在将弗洛伊德的文字与这些艺术作品参照研读时，能发现更多有意义的新信息，我个人相信这些新信息单靠文字是无法传递的。从这个角度来看，史料的范围绝不应仅仅局限于文字资料，图像中蕴含的历史信息往往超出了文字。由于列奥纳多一生没有真正完成几件作品，因此在插页中，我们更多地选择了一些他的素描草图，这样便能更好地理解这位艺术大师对每件作品的态度是何等精心、何等审慎。

三

作为文艺复兴时期的巨匠，列奥纳多·达·芬奇不仅引起了弗洛伊德的兴趣，近年来我特别关注的德国哲学家雅斯贝尔斯（Karl Jaspers, 1883 - 1969）同样也很重视这位多个领域的巨擘。1953年雅斯贝尔斯在瑞士出版了他的《作为哲学家的列奥纳多》（Karl Jaspers, *Lionardo als Philosoph*. Bern：A. Francke AG. Verlag, 1953）一书，尽管这是一本仅有77页篇幅的小册子，却从四个方面（认识的方式、认识的内容/世界形而上学、画家作为认识的生命方式、列奥纳多的性格特质）对作为哲学家的列奥纳多做了非常全面的研究。作为20世纪德语世界心理分析学家、哲学家研究对象的列奥纳多，也格外引起我的重视。《达·芬奇童年的记忆》《作为哲学家的列奥纳多》同样也是我们认识这些心理分析大师、哲学家的重要文本。

《达·芬奇童年的记忆》中译本，是我十年前的一个译作，本来无意重新出版。但我的朋友、社会科学文献出版社的祝得彬编辑坚持认为这是一部有意义的历史学名著，还是希望我抽时间整理后安排再版。我考虑了再三，觉得也有必要对十年前已经出版了的版本做一个说明，就同意了得彬的建议。

在中文的译文中，文章名、书名、刊物名、绘画作品名统一使用书名号。注释中的西文书名，统一先给出中文书名，再在括弧中给出弗洛伊德所援引的原文书名，以方便读者进一步查找之用。文中的大部分注释都是原文的注释，凡是中文译者所加的注释，都会注明"——中译者注"。为了满足读者进一步查找文中人名的需要，译者在书后制作了"人名索引"，可以通过汉字译名查到西文原名。

2014年12月北京外国语大学成立了全球史研究院，研究

译后记

院的宗旨之一是译介 20 世纪以来世界上重要的历史学流派的理论著作。《达·芬奇童年的记忆》是心理史学重要的奠基性著作，当然也属于我们应当译介的范畴。

译者

2016 年 4 月 17 日

于北京外国语大学全球史研究院

人名索引

此人名索引包括本书中正文和注释中出现的所有人名，但不包括神话传说中的人物，如耶稣、圣约翰等。排列顺序为：汉字译名——西文原文。所有的人名中文译名按照名字＋姓氏排列，但 Leonardo da Vinci（来自芬奇地方的列奥纳多）在西文中通常被称作 Leonardo，因此排在"列奥纳多"名字下。同样他父亲的名字也排在"瑟尔"（Ser Piero da Vinci）下。

由于本书译自弗洛伊德的德文版，因此很多名字的写法使用的是德文的写法，如列奥纳多的保护人"弗朗茨一世"的德文写法为：Franz I.，而法文的写法为：François Ier。在原文中弗洛伊德仅仅引用了姓氏的，在本索引中的译名部分也只有姓氏，在西文名称中也仅给出相应的部分，因为今天如果要找到这些名字的完整形式和生卒年的话，非常容易。

——中译者

人名索引

A

阿尔贝拉——Albiera 23，35，63，72，90

多娜·阿尔贝拉——Donna Albiera 63，90

阿利安——Aelian 32

阿米阿努斯——Ammianus 31

艾利斯——Havelock Ellis 25

B

巴托罗兹——Bartolozzi 13

巴兹——Bazzi 48

马蒂欧·班德利——Matteo Bandelli 6

鲍特拉菲欧——G. Boltraffio 48，49

波吉亚皇帝——Cesare Borgia 9

波塔茨——F. Bottazzi 8，14

雅各布·布克哈特——Jacob Burckhardt 1

D

达巴库——d'Abacco 48

但丁——Dante 70

伊莎贝尔·德斯特——Isabella d'Este 87

蒂欧达里奥——Diodario 81

F

保罗·费德恩——Paul Federn 78

费伦茨——S. Ferenczi 44

费斯特——Pfister →奥斯卡·费斯特 65，66

奥斯卡·费斯特——Oskar Pfister 65

弗朗茨一世——Franz I. 7，58

弗利斯——Fleiß 90

汉斯·弗里斯——Hans Fries 62

G

哥白尼——Kopernikus 4

歌德——J. W. von Goethe 9，27，28

格鲁耶——Gruyer 56

H

哈特雷本——H. Hartleben 31

玛丽·赫茨菲尔德——Marie Herzfeld 9

赫拉波罗——Horapollo 31~33

J

伽尔廷纳——Gardiner Ⅳ

弗兰西斯科·德尔·吉奥孔多——Francesco del Giocondo 7

吉凡妮娜——Giovannia 52

K

卡特琳娜——Catarina 23，51，52，61，63，64，66，70

恺撒·达·赛斯托——Cesare da Sesto 48

雅各布·康奈立茨——Jakob Cornelisz 62

亚历山德拉·康斯坦丁诺娃——Alexandra Konstantinowa 1

皮埃尔·德·考雷——Pierre de Corlay 57

人名索引

克莱斯特——Kleist Ⅲ

克耐特——Richard Payne Knight 42

安格罗·孔蒂——Angelo Conti 57

L

莱特勒——R. Reitler 10,12

兰祖纳——Lanzone 38

老赫尔本——Holbein 62

雷瑙——Lenau Ⅲ

里希特——J. P. Richter 3,8,33,81

李曼斯——Leemans 32,33

吉罗拉莫·戴伊·利波利——Girolamo dai Libri 62

列奥纳多·达·芬奇——Leonardo da Vinci 1,3,6,8~10,14,15,49,58,64,76,82

卢卡——Luca 48

陆尼——Luini 48

蒙娜·露西亚——Monna Lucia 63

罗马佐——Lomazzo 6

罗莫尔——v. Römer 32,38

阿道夫·罗森贝尔格——Adolf Rosenberg 64

罗舍尔——Loscher 31,38

M

美第奇——Medici 8

梅列日科夫斯基——Mereschkowski 14,23,49,51,

101

52，61，73

弗朗西斯科·迈尔茨——Francesco Melzi 13

迈耶——C. F. Meyer Ⅲ

明茨——E. Müntz 8，33，57，69，76，81，82

蒙娜丽莎——Mona Lisa 7，56~62，64~66，87，90

洛德维其奥·摩洛公爵——Herzog Lodovico Moro 86

穆特尔——Muther 56，62，67

P

培根——Bacon 4

佩特——W. Pater 7，59

佩鲁吉诺——Perugino 4

普鲁塔克——Plutarch 31，32

R

荣格——Carl Gustav Jung, 1875-1961 21，40

S

安德烈·撒拉诺——Andrea Salaino 48

塞德格尔——I. Sadger 44

温·塞德立茨——W. von Seidlitz 6~8

瑟尔·皮其鲁·达·芬奇——Ser Piero da Vinci 23，69，71

商博良——Fransois Champollion 31

绍恩——L. Schorn 60，80~82

人名索引

安东·施普林格——Anton Springer　64

施特克尔——W. Stekel　44

弗朗西斯克·斯弗尔兹——Francesco Sforza　6

斯考克那米克立欧——N. Smiraglia Scognamiglio　6，13，23，60

斯特拉波——Strabo　31

索多玛——Sodoma　48

爱得蒙多·索尔密——Edmondo Solmi　5

T

安德烈·伊尔·托德斯柯——Andrea il Todesco　49

W

瓦萨利——Vasari　2，7，58，60，72，76，80~82，86

委罗基奥——Andrea del Verrocchio　23，56，71

威尔特——Wehrt　13

毛利·伍尔德——Mourly Vold　78

X

席勒——Schiller　1

Y

雅克莫——Jacomo　50

亚里士多德——Aristoteles　4

103

图书在版编目(CIP)数据

达·芬奇童年的记忆:典藏版/(奥)弗洛伊德著;李雪涛译.--北京:社会科学文献出版社,2017.4

书名原文:Eine Kindheitserinnerung des Leonardo Da Vinci

ISBN 978-7-5097-8846-2

Ⅰ.①达… Ⅱ.①弗… ②李… Ⅲ.①精神分析-应用-文艺美学-研究 Ⅳ.①I01

中国版本图书馆 CIP 数据核字(2016)第 046145 号

达·芬奇童年的记忆(典藏版)

著　　者 / 〔奥〕弗洛伊德(Sigmund Freud)
译　　者 / 李雪涛

出 版 人 / 谢寿光
项目统筹 / 祝得彬
责任编辑 / 赵怀英　刘学谦

出　　版 / 社会科学文献出版社·当代世界出版分社 (010) 59367004
　　　　　　地址:北京市北三环中路甲 29 号院华龙大厦　邮编:100029
　　　　　　网址:www.ssap.com.cn
发　　行 / 市场营销中心 (010) 59367081　59367018
印　　装 / 三河市东方印刷有限公司

规　　格 / 开　本:889mm×1194mm　1/32
　　　　　　印　张:5　插　页:1　字　数:97 千字
版　　次 / 2017 年 4 月第 1 版　2017 年 4 月第 1 次印刷
书　　号 / ISBN 978-7-5097-8846-2
定　　价 / 48.00 元

本书如有印装质量问题,请与读者服务中心(010-59367028)联系

▲ 版权所有 翻印必究